Großstadtrevier
Wachgeküsst

Jan Schröter

Großstadtrevier

Wachgeküsst

vgs

Bibliografische Information Der Deutschen Bibliothek
Die Deutsche Bibliothek verzeichnet diese Publikation in der Deutschen Nationalbibliografie; detaillierte bibliografische Daten sind im Internet über http://dnb.ddb.de abrufbar.

Das Buch »Großstadtrevier – Wachgeküsst« basiert auf der gleichnamigen Fernsehserie von Jürgen Roland, produziert von Studio Hamburg Produktion für Film & Fernsehen GmbH im Auftrag der ARD Werbung und des Norddeutschen Rundfunks (NDR), Redaktion: Bernhard Gleim/Ole Kampovski.

1. Auflage 2003

Redaktion: Susanne George
Produktion: Wolfgang Arntz
Umschlaggestaltung: Alexander Ziegler, Köln
Titelfoto: © ARD/Thorsten Jander
Satz: Hans Winkens, Wegberg
Druck: Clausen & Bosse, Leck
Printed in Germany
ISBN 3-8025-3229-5

Besuchen Sie unsere Homepages:
www.vgs.de
www.das-erste.de

Das mehrstöckige Gebäude aus dem typisch roten Hamburger Backstein unterschied sich äußerlich kaum von den gleichförmigen Wohnblocks in der Nachbarschaft. Doch in seinen Fluren brannte immer das Licht, und hier herrschte meistens Hochbetrieb. Wer das Gebäude durch die schmucklose Glastür betrat, hatte ein Anliegen. Manche trieb die Verzweiflung, andere die Hoffnung in das 14. Polizeirevier – aber keiner blieb ungehört.

»Bis morgen, Dirk. Ich hol dich ab!« Anna Bergmann hatte sich bereits umgezogen. Sie sah schon in der Uniform gut aus, aber ihr Anblick in Jeans, Bluse und mit offenem Haar versetzte sogar Dirk in Wallung. Dabei waren er und Anna seit Jahren ein Team auf dem Streifenwagen, gute Kollegen und Freunde – nicht mehr, aber auch kein bisschen weniger.

»Tschüs! Und mach den armen Kerl nicht völlig fertig!«, rief ihr Dirk hinterher.

Anna grinste nur und eilte beschwingt hinaus. Sie war zum Squashspielen verabredet – mit einem athletischen Typen aus ihrem Fitnessclub, der ihr hochnäsig fünf Punkte Vorsprung pro Satz angeboten hatte. Der Mann würde sich schwer wundern!

Dirk drehte sich auf seinem Schreibtischstuhl zurück zum Fenster und starrte unschlüssig hinaus in die Dunkelheit. Schmuddelwetter, mit Graupel vermischt. Der Winter nahm kein Ende. Im Wagen wäre es kalt, zu Hause ebenfalls. Wozu heizen? Dirk wohnte allein, und normalerweise störte ihn das genauso wenig wie das Hamburger Wetter. Nur manchmal ...

Hinter ihm leerte sich allmählich der Dienstraum. Rolf Bogner, Chef des 14. Polizeireviers, klopfte kurz auf Dirks Schreibtisch und strebte heim zu seiner Ilse. Dietmar Steiner und Lothar Krüger führten noch im Hinausgehen eine ihrer erbitterten »Haushaltsdebatten«: Wer für den vergessenen Einkauf zuständig gewesen wäre, wer als Einziger immer den Müll sortiert, die Fliesen wischt. Am Ende würden beide in ihrem gemeinsamen Wohnzimmer sitzen und sich gegenseitig versichern, dass die Bratkartoffeln mal wieder hervorragend gelungen seien und sie es noch nie so gemütlich hatten wie heute.

Hariklia Möller, die Zivilfahnderin, war heute gar nicht erst zum Dienst erschienen – sie hatte wegen einer Familienfeier Urlaub genommen. Ihr Kollege Henning Schulz wurde eben von zwei alten Freunden zum Skatabend abgeholt, in launiger Vorfreude zog das Trio ab. Dirk hörte ihr Gelächter verhallen, dann war es still. Gleich kämen die Kollegen von der Nachtbereitschaft aus dem Umkleideraum. Seine Schicht wäre damit beendet. Und dann? Ab in die kalte Nacht? Irgendwo auf ein einsames Feierabendbier?

In der Stille hörte Dirk genau, wie die große Glastür zum Vorraum der Wache geöffnet wurde. Jemand kam herein, dann ließ sich eine energische Frauenstimme vernehmen: »Was sollen wir hier, Alexandra? Eigentlich ist doch gar nichts passiert!« Die Antwort kam ebenfalls von einer Frau, sie klang fast beschwörend: »Mir macht das Angst! Los, wir gehen jetzt rein!«

Neugierig sah Dirk zur Tür. Über den Flur näherten sich Schritte, dann betraten zwei attraktive Frauen den Dienstraum. Die eine – groß und sportlich, dunkle Locken – trug eine teure Daunenjacke und Jeans. Ihre Blicke flogen unsicher durch den großen Raum. Mitte dreißig und eindeutig die Ängstliche, schätzte Dirk und wandte seine Aufmerksamkeit der zweiten Frau zu, die jetzt an ihrer Begleiterin vorbeidrängte und direkt auf den Polizisten zusteuerte. Unter ihrem offenen Kaschmirmantel trug sie ein elegantes Businesskostüm. Die Energische, wahrscheinlich etwas älter als die Ängstliche, sieht sogar noch besser aus und verdient garantiert mehr als A 10, taxierte Dirk – da sah ihm die elegante Dame ins Gesicht und stutzte plötzlich ungläubig.

»Dirk? Dirk Matthies?«

Dirk starrte sie überrascht an. Rauchgraue Augen, die Unterlippe eine Spur voller als die obere, die Nase mit diesem gewissen Schwung nach oben, der da signalisierte: »Jetzt komme ich!«. Dirk kannte das, und das leichte Flattern, welches er jetzt im Bauch verspürte, das kannte er auch. »Vivian Thalbach?«

Sie strahlte und stieß ihre Begleiterin begeistert an. »Er kennt sogar noch unseren Nachnamen, Alexandra!«

»Alexandra?« Jetzt musterte Dirk die andere Frau erkennend. »Alexandra! Die lütte Schwester!«

Die Frau mit den dunklen Locken lächelte schüchtern. »Stimmt! Vivians lütte Schwester.«

»Dirk Matthies, ist es möglich!« Vivian konnte es noch immer kaum fassen, griff nach seiner Hand und drückte sie fest. »Grundschule Seilerstraße! Bitte rechne jetzt nicht nach, wie lange das schon her ist!«

Dirk ließ ihre Hand los und sah fest in Vivians Augen. »Die paar Tage ...« Sie lachten alle drei, dann wurde Dirk plötzlich ernst. »Was macht euch Angst?«

Die Schwestern schwiegen einen Moment lang betreten, dann winkte Vivian ab. »Es ist eigentlich nichts Dramatisches, aber Alexandra wollte unbedingt ...«

»Sie hat einen Drohbrief bekommen!«, fiel ihr Alexandra ins Wort.

»Nur eine anonyme Spinnerei, völlig abgedreht!«, wiegelte Vivian ab.

Hinter ihnen füllte sich der Raum allmählich mit den Kollegen der Nachtbereitschaft, die den letzten Mann der Tagschicht sofort im Vorbeigehen anflachsten. »Mensch, Matthies, machst du heute gar keinen Feierabend?« – »Du willst wohl unbedingt befördert werden, was?« – »Deine Schicht fängt ja gleich schon wieder an, kannst eigentlich hier bleiben!«

»Du bist gar nicht mehr im Dienst«, bemerkte Vivian erschrocken.

»Darüber mach dir mal keinen Kopf, Vivian. Komm, schieß los!«

Sie zögerte kurz, dann zog sie ein Stück Papier aus der Manteltasche, faltete es auseinander und reichte es Dirk.

Auf dem Blatt klebten akribisch ausgeschnittene Zeitungsbuchstaben, zusammengesetzt zu einem einzigen Satz. »Was man nicht zu verlieren fürchtet, hat man zu besitzen nie geglaubt, und nie gewünscht«, las Dirk laut und schüttelte ratlos den Kopf. »So richtig fies klingt das ja eigentlich nicht!«

»Letzte Woche hat jemand Buttersäure in Vivians Briefkasten geschüttet!«, schaltete sich Alexandra aufgeregt ein. »Als ich sie vorgestern nach Hause brachte, habe ich vor der Tür einen Mann gesehen – er ist durch den Garten abgehauen! Heute dann dieser Brief ... Das ist doch nicht normal!«

»Ein Spinner eben. Es laufen schließlich genug davon herum«, versuchte Vivian ihre Schwester zu beruhigen, die sich jetzt bittend Dirk zuwandte.

»Kann die Polizei nicht etwas machen?«, fragte sie.

»Ihr habt keinen bestimmten Verdacht? Könnt ihr diesen Mann beschreiben, der vor der Haustür stand?«

Die Schwestern wechselten einen ratlosen Blick, dann ergriff Alexandra das Wort. »Es war schon dunkel ...«

Dirk nickte und faltete den merkwürdigen Brief wieder zusammen. »Ich könnte eine Anzeige gegen Unbekannt aufnehmen, wegen Belästigung.«

Alexandra war enttäuscht. »Mehr nicht? Ich dachte ...«

»Was hast du dir denn vorgestellt, du ängstliches Huhn?«, fiel ihr Vivian ins Wort. »Einen Wachposten vor der Tür? Bodyguards?«

»Ich könnte dafür sorgen, dass ab und zu ein Streifenwagen bei euch vorbeifährt!«, schlug Dirk vor. »Das könnte ich auch selbst mal tun ...«

Vivian lächelte amüsiert. »Immer noch der Beschützer, wenn die großen, bösen Jungs kommen – ach, Dirk ...« Sie hielt einen Augenblick gerührt inne. »Einfach schön, dich wieder zu sehen!«

Einfach schön ... Dirk war sich selbst da nicht so sicher. Dasselbe Gefühl wie früher, wenn Vivian vor ihm stand. Als wäre die Zeit stehen geblieben und er der Junge von damals. Gebannt. Unbeholfen. Ohne Plan. Fehlte nur noch, dass er jetzt anfinge zu stottern. »Ja.« Mehr brachte er nicht heraus, gefangen von ihrem Blick.

»Was wolltest du gerade machen, Dirk? Du hast doch Feierabend! Hättest du nicht Lust, mit uns essen zu gehen? Die Anzeige kannst du ja morgen schreiben!«, schlug Vivian spontan vor, und als Dirk einen Moment lang zögerte, setzte sie schelmisch nach: »Dann kannst du mich gleich ein bisschen bewachen ...«

Dirk grinste. »Die Polizei, dein Freund und Helfer! Na gut – ich wollte sowieso noch irgendwo was einschieben.«

»Ich lade euch ein!«, freute sich Vivian.

»Ich kann nicht mit«, wandte Alexandra hastig ein.

»Ich hab morgen ganz früh eine Präsentation und muss noch etwas vorbereiten! Aber wenn du heute mit Vivian zusammen bist, Dirk, das würde mich sehr beruhigen. Vielen Dank!«

Dirk griff schon schmunzelnd nach seiner Jacke. »Eine schöne Frau beschützen, die andere trösten – wer könnte da nein sagen!«

Vivian Thalbach grinste hinreißend frech zurück. »Du ganz sicher nicht, Dirk Matthies!«

Auf der nachtdunklen Elbe glitt ein riesiger Containerfrachter im Ebbstrom Richtung Nordsee. Ausgerechnet das piekfeine »Jacob« an der Elbchaussee ist ihr Lieblingsrestaurant, dachte Dirk. Und ich hab nicht mal einen Schlips um. Etwas unbehaglich rückte er sich den Stuhl zurecht.

»Ist es okay, dass wir hier sind, Dirk?«, fragte Vivian besorgt.

»Na klar. Ich kann sogar schon mit Messer und Gabel essen.«

Vivian lachte herzlich und betrachtete dann genießerisch das Elbpanorama. »Ich bin so gerne hier! Davon hab ich als Mädchen geträumt ...« Ihre Miene verdüsterte sich. »Du weißt ja, wo ich herkomme.«

»Daher, woher ich auch komme! Was war so schlimm daran?«, entgegnete Dirk.

»Graue, enge Straßen. Graue, kleine Wohnung. Grauer Alltag. Fade Mittelmäßigkeit überall. Die Frauen Schlampen oder abgearbeitet und verbraucht. Die Männer kaputte Typen oder Malocher, die nur bis zum nächsten Bier denken konnten! Ich wollte da raus, Dirk – immer schon!«

Dirk spürte ihre Energie und Entschlossenheit. So war Vivian: Einen Traum hatten viele, aber sie hatte immer auch einen Plan gehabt. Klavierunterricht, Malstunden,

Ballett. Nicht etwa bezahlt vom Vater, der bei Blohm & Voss auf Schicht schuftete und absolut kein Verständnis für die Ambitionen seiner Tochter aufbrachte. Alles selbst verdient durch Nachhilfestunden, Aushilfsarbeit, später durch Bürojobs. In der Schule war sie eine Überfliegerin gewesen, aus Dirks Straße das einzige Mädchen, das das Gymnasium besuchte. Und als Dirk und seine Altersgenossen allmählich die Liebe entdeckten, wurde die schöne Vivian Thalbach von ihnen angehimmelt wie ein Fixstern, strahlend und unerreichbar. Sie war so etwas wie der Hauptgewinn, von dem jedem klar ist, dass ihn sowieso nie jemand kriegt – ein Lockangebot auf dem bunten Jahrmarkt des Lebens.

»Du bist rausgekommen«, meinte Dirk. Gleich nach der Schule warst du weg!«

Vivian nickte und nahm einem Kellner dankend die dargebotene Speisekarte ab. »Uni Berlin. Kunstgeschichte. Später war ich noch in Paris und London, Architektur und Design. Ich habe lange im Ausland gearbeitet, bis genug Geld da war, um mich als Innenarchitektin selbstständig zu machen. Meine Schwester hilft mir, im Büro ist sie meine rechte Hand.«

»Und nun bist du doch wieder in Hamburg! So schlimm kann's hier also nicht sein.«

»Nicht alle Wurzeln sind schlecht! Dieser Anblick hier zum Beispiel ...« Vivian träumte einen Augenblick lang hinaus auf den träge fließenden Strom. »Eine Kopie von Max Liebermanns Gemälde ›Lindenterrasse bei Jacob‹ hing immer bei mir über dem Schreibtisch – egal, wo ich gerade zu Hause war!« Sie streifte Dirk mit einem fragenden Blick. »Kennst du das Bild?«

Dirk lehnte sich entspannt zurück. »Liebermanns Lindenterrasse. Hängt in der Kunsthalle. Gemalt 1902.«

»Allerhand!«, staunte Vivian.

Dirk zuckte nonchalant mit den Achseln. »Ich weiß sogar, wie das damals abgelaufen ist mit Liebermann und dem alten Jacob!«

»Echt?«, rief Vivian ungläubig aus.

Dirk beugte sich vertraulich vor. »Das war so: Liebermann kommt zu Jacob und sagt: Ich möchte gerne Ihre Lindenterrasse malen! Sagt Jacob: Mein Haus ist erst vor sechs Jahren gestrichen worden!«

Vivian lachte schallend. »Du Spinner!«

Dirk spielte den tief Gekränkten. »Meine Uroma war dabei! Hatte sich gerade nach dem Sonntagsspaziergang an der Elbe auf Jacobs Terrasse ein Stück Apfelkuchen mit Sahne gegönnt und alles mitgehört!«

»Du tüdelst!« Sie kringelte sich immer noch, bis Dirk ihre Hand nahm und sie fest ansah. »Hab ich dich schon mal angelogen, Vivian?«

Ihr Gelächter verstummte schlagartig. »Hast du nicht. Du warst immer echt, Dirk.« Sie drückte kurz seine Hand, zog dann die ihre zurück. »Mein Beschützer, wenn auf der Straße dumme Sprüche über mich gemacht wurden oder mir jemand zu dicht auf die Pelle rückte ...«

»So wie jetzt!«, gab Dirk zu bedenken.

Vivian winkte ab. »Du meinst diesen Mann vor meiner Tür oder den wirren Brief? Ich nehme das nicht ernst!«

»Deine Schwester schon.«

»Alexandra gruselt sich sogar bei Filmen, über die andere Leute laut lachen. Sie hat einfach zu viel Fantasie! Im Job ist das toll, aber ansonsten manchmal etwas anstrengend.«

»Du bist niemandem kürzlich auf die Füße getreten? Einer Konkurrenzfirma vielleicht? Einem unzufriedenen Kunden? Einem enttäuschten Liebhaber?«, wollte Dirk wissen.

Sie schüttelte den Kopf und zwinkerte ihm spitzbübisch zu. »Sehr geschickt, muss ich sagen! Jetzt kriegst du so ganz nebenbei heraus, ob ich in festen Händen bin oder nicht – lernt man das bei der Polizei?«

»Naturtalent!«, grinste Dirk.

Vivian sah ihm fest in die Augen. »Meine Firma kann mit Konkurrenz gut leben. Unzufriedene Kunden gibt's bei mir nicht. Und Liebhaber konnte ich mangels Gelegenheit schon lange nicht mehr enttäuschen! Wie sieht's denn bei dir aus, Dirk Matthies?«

Dirk hielt ihrem forschenden Blick unbewegt stand. »Ich enttäusche nie jemanden!«

Ihre rauchgrauen Augen maßen ihn einen Moment lang. »So so. Dann bestelle ich jetzt ...« Energisch klappte Vivian die Speisekarte auf.

»Da vorne rechts und dann links in die Einfahrt!«

Dirk folgte Vivians Anweisung, lenkte seinen antiquierten Heckflossen-Mercedes durch ein offen stehendes schmiedeeisernes Tor, brachte den Wagen auf knirschendem Kies zum Stehen und schaltete den Motor aus. Die plötzliche Stille bereitete Dirk Unbehagen. Im Restaurant und während der Rückfahrt hatten sie noch ungezwungen gescherzt und gelacht – zwei groß gewordene Kinder zwischen Gestern und Morgen. Aber jetzt war jetzt.

»Hier wohnst du? Noble Adresse ...«

»Mir gehört das Apartment im Erdgeschoss.«

Sie sahen sich an und spürten die gegenseitige Verlegenheit. Dirk räusperte sich. »Ja, dann ... Vielen Dank für das nette Essen! Ich bring dich noch zur Tür.«

Vivian schüttelte leicht den Kopf. »Lieber nicht.«

»Und wenn der schwarze Mann im Gebüsch lauert?«

»Da vorn ist mein Fenster. Wenn dort gleich das Licht angeht, bin ich gut angekommen. Wartest du so lange?«

»Klar.«

Unvermittelt schob sie sich dicht an ihn heran und legte ihren Kopf entspannt an seine Schulter, schloss die Augen und atmete tief durch. »Dirk Matthies ist wieder da!« Dann straffte sie sich, küsste ihn rasch auf die Wange und sprang aus dem Wagen.

Schnell beugte sich Dirk zur Seite und hielt die Tür offen. »Wann ist das Rückspiel?«

Vivian verharrte einen Augenblick und schenkte ihm ein Koboldlächeln. »Wenn du anrufst ...«

Die Tür knallte zu, und Dirk sah ihr nach, wie sie den Kiesweg hinaufeilte und im Hauseingang verschwand. Nach kurzer Zeit flammte hinter den Vorhängen von Vivians Fenster das Licht auf, und Dirk startete seinen alten Daimler. Während der Wagen rückwärts rollte, ließ er das Fenster nicht aus den Augen. Das rächte sich prompt: Der Außenspiegel touchierte das Tor, brach ab und fiel klirrend zu Boden!

»Mist!«, fluchte Dirk. Ein zerbrochener Spiegel bedeutet sieben Jahre Pech! Andererseits bringen Scherben Glück. Und wahrscheinlich bedeutet alles überhaupt nichts. Zwischen Herz und Verstand. Das ganz normale Gefühl nach einem Abend mit Vivian Thalbach.

Anna stand vor einem Flohmarkt-Imbiss, hielt den Kaffeebecher zwischen beiden Händen, trank genüsslich und beobachtete amüsiert das Treiben um sich herum. Unglaublich, was für Sachen hier den Besitzer wechselten! Was, zum Beispiel, würde der Käufer eines zerknitterten Lampenschirmes mit seinem Beutestück anfangen? Wozu brauchte man das alte Fotoalbum mit den Fünfziger-Jahre-Urlaubsbildern wildfremder Leute? Oder schmuddelige Häkeldeckchen?

Anna liebte Märkte. In der Kleinstadt, aus der sie kam, markierten Markttage die Höhepunkte der Woche. Man kaufte nicht bloß ein, sondern sah, wurde gesehen und tauschte den neuesten Klatsch aus. Sogar in der Großstadt funktioniert der Zauber, dachte Anna – ein Marktplatz bringt immer eine Portion Dorfleben in die City. Sie setzte den Kaffeebecher auf dem Bistrotisch vor sich ab und sah sich um: von Dirk noch keine Spur. Auch gut, dachte Anna. Solange er nach diesem ollen Rückspiegel sucht, kann ich weiter die Zeitung lesen ...

Dirk tippte seiner Kollegin von hinten auf die Schulter. Anna sah von ihrer Lektüre auf. »Und – nichts?«, erkundigte sie sich.

Dirk schüttelte missmutig den Kopf. »Gar nichts, so'n Schiet!«

»Fährst du eben ohne Rückspiegel.«

Dirk wehrte entschieden ab. »Also, nee – mein Daimler ist optisch ein Genuss, der muss komplett sein! Ein Gesamtkunstwerk. Ohne Rückspiegel ist das wie die Mona Lisa ohne Lächeln!«

Anna zuckte mit den Achseln. »Fährst du eben ohne Lächeln. Freundliche Polizisten sind so was von out!«

»Ach ja? Wer sagt das?«

Anna hielt ihm die aufgeschlagene Zeitung entgegen. »Olaf Sundermann, Erzieher. Gestern vom Verein *Bürger gegen Jugendkriminalität* geehrt und mit einer großzügigen Spende bedacht.«

Dirk griff sich die Zeitung und las laut vor, während Anna ihren Kaffee austrank. »In seiner Dankesrede betonte Sundermann die Wichtigkeit von festen Regeln für haltlose Jugendliche. Je klarer die Grenzen sind, desto eher werden sie begriffen. Freundliche Polizisten, die nur nach dem Motto »Dein Freund und Helfer« verfahren, nähmen viele jugendliche Verbrecher nicht ernst.«

Anna stellte den leeren Becher ab, Dirk gab ihr die Zeitung zurück und grinste grimmig. »Allerhand! Vielleicht steht der Typ ja mal im Parkverbot, wenn ich gerade vorbeikomme. Dann schenk ich ihm ein kaltes Lächeln.«

Beide lösten sich vom Bistrotisch und gingen über den Marktplatz in Richtung Straße. Im Vorbeigehen schielte Dirk sehnsüchtig zu den Ständen mit Werkzeug und Elektronikteilen.

»Früher haben die Jungs hier noch abgebrochene Autoteile verhökert«, meinte er. »So ein Rückspiegel für meinen Daimler wär da überhaupt kein Ding gewesen!«

Anna sah ihren Kollegen überrascht an. »Abgebrochene Teile? Vom Schrottplatz?«

»Nö – von geparkten Autos!«

Anna stutzte und musterte ihren Kollegen prüfend. »Hört sich ja fast so an, als hättest du das auch mal gemacht ...«

Dirk blickte stur geradeaus und drängte sie weiter. »Du, jetzt müssen wir aber echt los!« Und schon strebte er zur Straße, wo ihr Streifenwagen parkte. Anna folgte ihm achselzuckend. Bei Dirk wunderte sie schon seit langem gar nichts mehr.

Die Wolken hatten sich vorübergehend verzogen. Dafür fegte ein eisiger Westwind über Alster und Elbe, strich durch die Großstadtschluchten wie ein Raubtier auf der Jagd, schüttelte verkümmerte Straßenbäume durch und ließ die Menschen frösteln.

Dem Jungen, der eben die Boutique »Young & Hip« verließ, pfiff der Wind beißend durch die zerschlissene Jeansjacke. Die Tüte, die er trug, drückte er eng an sich wie eine Wärmflasche. Mit der freien Hand hielt er sich die Jeansjacke zusammen, während er eilig voranschritt. Als er an einem spiegelnden Schaufenster vorbeikam, blieb er stehen. Langsam öffnete er die Tüte und zog, fast andächtig, eine schwarze Lederjacke hervor. Schon schlüpfte er aus der alten Jeanskutte, stopfte sie kurzentschlossen in die Tüte und beides zusammen in einen Müllcontainer, der neben dem Laden in einem Torweg stand. Dann zog er sich die neue Jacke über und schob sich erwartungsvoll vor die spiegelnde Scheibe. Wie angegossen! Er vergaß den kalten Wind und alles andere: Das da war er. Dreizehn Jahre alt. Schmales Gesicht unter wuschelig gegelten Haaren. Ernste, dunkle Augen. Und diese Jacke, unter der seine Schultern so breit zu sein schienen wie die eines erwachsenen Mannes – na ja, fast so breit ...

»Feiner Kerl!«

Der Junge fuhr auf und fand sich eingekeilt zwischen zwei derben Gestalten, die ihn feixend angrinsten. Der eine, ein pickeliger Teenager, trug trotz der Kälte eine ärmellose Weste über einem Muskelshirt – vermutlich, damit die zahlreichen Tattoos auf seinem Bizeps besser zur Geltung kamen. Sein Kumpan, ebenfalls kaum älter als siebzehn, hatte sich aus dem spärlichen Flaum des ersten Bartwuchses ein Art Spitzbart gezüchtet.

»Wie heißen wir denn?« Spitzbart bohrte seinen Blick in die erschrockenen Augen des Jungen.

»Tim ...«, antwortete dieser ängstlich.

Der Tätowierte trat noch näher an Tim heran, griff nach seinem Arm und prüfte fachmännisch die Lederqualität zwischen Daumen und Zeigefinger. »Feines Kerlchen, feines Jäckchen!«

Tim riss sich los und versuchte der Umzingelung zu entgehen – da fasste sein Peiniger nach und hielt ihn grinsend fest. »Ey – wo willst du denn hin?«

Jetzt griff auch sein Kumpan zu. »Eigentlich steht ihm die Jacke gar nicht. Viel zu männlich, das Teil!«

Der Tätowierte markierte den Erstaunten. »Ja, echt – jetzt, wo du das sagst, Malte ...«

Tim wand sich in ihrem Klammergriff. »Lasst mich!«

Spitzbart amüsierte sich. »Das Outfit verkaufen wir lieber jemand anderem!« Und sein tätowierter Kumpel höhnte: »Brauchst du dich gar nicht drum zu kümmern, Milchgesicht! Wir machen das schon! Ist doch nett, was?«

Tim nahm allen Mut zur Widerrede zusammen. »Das ist meine Jacke!«

Prompt verpasste ihm der Spitzbart eine Kopfnuss. »Ach ja?«

Anna Bergmann lenkte den Streifenwagen durch den Verkehr und warf einen schnellen Seitenblick auf Dirk, der neben ihr beiläufig die Morgenzeitung durchblätterte. »Warst du noch weg gestern Abend?«, fragte sie.

Dirk sah nur kurz auf. »Bisschen was essen.«

Anna schmunzelte. »Die Jungs von der Nachtschicht haben da was von zwei Superfrauen erzählt, die den Kollegen Matthies abgeholt hätten ...«

»Die Jungs von der Nachtschicht hatten wohl zu viel Leerlauf! Das war nur 'ne alte Nachbarin von mir. Mit ihrer kleinen Schwester. Und die war auch nicht mit essen!« Er blätterte demonstrativ weiter und blieb plötzlich interessiert an einer Meldung hängen. »Hier, hör mal: Gemeiner Klingelüberfall auf Rentnerin. Die Täter, vermutlich zwei Jugendliche, entkamen unerkannt!«

»Unser Fall von gestern!«, rief Anna.

»Unser ungelöster Fall«, nickte Dirk, faltete die Zeitung zusammen und warf sie schwungvoll auf die Rückbank. »Die Masche ist nicht neu, aber mehr wissen wir leider nicht!«

Anna stoppte den 14/2 vor einer roten Ampel und sah nachdenklich hinaus. »Vielleicht liegt dieser Erzieher, dieser Sundermann, gar nicht so daneben ...«

Dirk schnaubte verächtlich. »Bisschen mehr Angst vor

der Polizei und schon hören die Überfälle auf?« Er setzte sich die ausgestreckten Zeigefinger an den Kopf und imitierte Teufelshörner. »Buuh!«

Die Ampel sprang auf Grün, Anna fuhr an. »Warum hast denn zum Beispiel du damit aufgehört, Autoteile zu klauen?«

Dirk fuhr auf, scheinbar empört. »Ich? Wie kommst du denn darauf? Ich ...« Er verstummte abrupt und spähte nach vorn. »Rechts ran, Anna. Sofort!«

Tim war in höchster Bedrängnis. Die beiden Schläger stießen ihn zwischen sich umher wie eine Flipperkugel, bis ihn der eine plötzlich festhielt und mit eiskaltem Blick fixierte. »Schluss mit Lustig!«, rief er. »Runter mit der Jacke!«

In diesem Moment stieß ihn sein Kumpel alarmiert an: »Scheiße, Alter – die Bullen!«

Am Straßenrand stoppte der 14/2 mit quietschenden Reifen, schon stürmte Dirk Matthies heran – doch bevor er die Jungen erreichte, hatten die beiden Schläger ihre Schrecksekunde überwunden und hetzten davon! Einen Augenblick lang kämpfte Dirk mit sich, ob er ihnen folgen sollte. Dann sah er den geschockt dastehenden Tim an und entschied sich anders – zumal jetzt auch Anna heransprintete und den Flüchtigen nachsetzte. Beruhigend legte Dirk dem Jungen die Hand auf die Schulter. »Alles paletti, Junge?«

Tim nickte verdattert. Plötzlich nahmen ihn drei weitere Jungen aufgeregt in ihre Mitte. »Mann, Timmi, was wollten die Typen eben?«

»Meine Jacke«, sagte er leise.

Dirk musterte die Neuankömmlinge und wandte sich direkt an Tim. »Deine Freunde?«

Tim nickte nur, und der Wortführer von eben stellte

sich vor. »Ich bin Dennis! Wir waren nur kurz Döner essen ...«

Jetzt stieß Anna zu ihnen. »Die Kerle sind weg! Kennt ihr die?«

Tim, Dennis und die beiden anderen Jungen schüttelten unisono den Kopf. »Nie gesehen ...«

»Wir könnten eine Anzeige aufnehmen«, schlug Dirk vor. »Ich wüsste vielleicht, wie man an die Typen rankommt – einen von denen habe ich schon mal gesehen!«

»Nein! Nein, das will ich nicht!«, wehrte Tim fast entsetzt ab.

Anna wunderte sich. »Warum nicht? Raub ist keine Kleinigkeit, auch wenn es diesmal zum Glück nicht geklappt hat! Deine Eltern haben für die Jacke bestimmt nicht wenig berappen müssen ...« Sie stutzte plötzlich: Was baumelte denn da?

Tim verzog gequält das Gesicht. »Das bringt doch nichts!«

Blitzschnell langte Anna zu und riss mit einem kurzen Ruck etwas vom Saum der neuen Lederjacke: Ein Preisschild! Laut las sie das aufgedruckte Firmenlogo. »Boutique Young & Hip! Das ist doch der Laden da hinten – hast du das Ding überhaupt bezahlt?«

Zornig riss Tim der Polizistin das Preisschild aus der Hand. »Ich hab die nicht geklaut! Das hätten Sie wohl gern!«

Dirk schaltete sich ein. »Das hätte überhaupt keiner gern! Aber fragen darf man ja wohl!«

»399 Euro?«, zweifelte Anna.

Stocksauer kramte Tim einen zerknitterten Kassenbon aus der Hosentasche und zeigte ihn vor. »399 Euro! Alles bezahlt! Zufrieden?«

Sie warf einen prüfenden Blick auf den Zettel und nickte endlich.

Dennis scharrte ungeduldig mit den Füßen. »War's das jetzt?«

»Moment noch!«, stoppte ihn Dirk und wandte sich an Tim. »Falls mit diesen beiden Typen noch mal was passiert – ruf mich an, okay?« Er drückte dem Jungen eine Dienst-Visitenkarte in die Hand. »Und pass auf dich auf.«

Tim sah ihn überrascht an und nickte schwach, während Dennis gelangweilt abwinkte. »Keine Panik – wir sind auch noch da!«

Dirk fixierte ihn eindringlich. »Ja, ja, so wie vorhin, als sie ihn durch die Mangel gedreht haben.« Er nickte Tim kurz zu und ging mit Anna zurück zum Streifenwagen, während die Jungen ihnen finster nachsahen.

»Oberschlaue Bullen!«, stieß Dennis hervor. »Kannste echt vergessen! Los, wir machen auch die Biege.« Er wandte sich ab, seine beiden Begleiter folgten. Tim sah noch reglos dem davonfahrenden Streifenwagen nach, dann fiel sein Blick auf die Visitenkarte in seiner Hand. Er knüllte sie zusammen und stopfte sie beiläufig in seine Hosentasche. Schließlich trottete er langsam den Freunden nach.

»Bitte, Herr Jakobs!«

»Das ist tatsächlich mein Fahrrad!«, strahlte der junge Mann, als Lothar Krüger den Drahtesel hinter dem Tresen hervorwuchtete und auf den Gang rollte.

Die Begleiterin des Mannes, offensichtlich seine Freundin, freute sich mit. »Ja, das ist dein Rad, Klaus!« Sie wandte sich an Lothar und legte ihm vertraulich die Hand auf den Arm. »Wie kommt das hierher?«

»Das lag hinter einem Puff am Hamburger Berg«, versetzte Lothar trocken. Prompt zog die Frau den Arm entsetzt zurück, und Jakobs errötete wie eine ertappte Jungfrau.

»Da ... da hab ich es nicht hingelegt, ganz bestimmt nicht!«, stammelte er.

»Natürlich nicht! Sonst hätten Sie es doch nicht als gestohlen gemeldet, nicht?«, griente Lothar.

Jakobs nahm die Vorlage begierig auf. »Nee, natürlich nicht! Na klar, der Dieb hat es benutzt und dann einfach liegen lassen, logo ...«

Misstrauisch blickte die Frau vom unbewegten Gesicht des Polizisten hinüber zu ihrem Freund. »Du hast mir gar nicht erzählt, dass du Anzeige erstattet hast! Als die Polizei vorhin anrief, weil sie dein Rad gefunden hatten, warst du ganz erstaunt!«

Lothar trat hinter den Tresen, blätterte gewichtig in einer Akte und tat so, als sei er fündig geworden. »Da – Anruf Herr Jakobs, Hohenzollernring. Gestohlen: ein blaues Herrenfahrrad mit Shimano-Schaltung ...« Er blickte auf und sah die Frau vor dem Tresen treuherzig an. »Wahrscheinlich hat sich Ihr Freund bloß gewundert, dass die Polizei sein Fahrrad so schnell wiedergefunden hat!«

»Jo!«, nickte Jakobs eifrig.

»Wie gut aber auch, dass Ihr Fahrrad codiert ist, Herr Jakobs, sonst hätten wir es sicher nicht so leicht identifiziert!«

Die Freundin schmolz dahin, ganz schlechtes Gewissen. »Entschuldige, Bärchen! Erst der Ärger mit deinem Fahrrad und dann komm ich dir auch noch komisch ... Schwamm drüber, ja?«

»Na klar, Schwamm drüber!« Jakobs legte großmütig seinen Arm um ihre Schulter und zwinkerte Lothar vertraulich zu. »Und vielen Dank, Herr Wachtmeister – für alles!«

Lothar zwinkerte verschwörerisch zurück und sah dem Pärchen nach, wie es in trauter Glückseligkeit das Fahrrad aus dem Dienstraum schob. »Und wieder mal rettet Super-

Lothar die Welt!«, murmelte er selbstzufrieden und wandte sich seinem Freund und Kollegen Dietmar Steiner zu. Der sieht auch so aus, als könnte er ein wenig Hilfe gebrauchen, dachte Lothar.

Tatsächlich saß Dietmar zusammengesunken wie ein Häuflein Elend hinter seinem Schreibtisch und blätterte gedankenverloren in einer Akte, auf deren Lektüre er sich aber ganz offensichtlich nicht konzentrieren konnte – unmutig schob er sie beiseite und nahm ein aufwändig bedrucktes Schreiben zur Hand, um es zum wiederholten Mal trübsinnig anzustarren.

Lothar trat zu ihm und klopfte ihm tröstend auf die Schulter. »Sei doch froh – kommst hier mal raus, kriegst was Leckeres zu essen ...«

Dietmar seufzte abgrundtief. »Ich krieg nix runter, glaube ich ...«

»Das ist bestimmt dein schlechtes Gewissen! Ich muss arbeiten, und du gehst dich amüsieren!«

Dietmar winkte gequält ab. »Du hast ja keine Ahnung ...«

»Wieso darfst du da hingehen und ich nicht? Ungerecht!«

»Ich kenne den Alten noch von der Polizeischule«, erklärte Dietmar geduldig. »Deswegen hat Rolf *mich* gefragt und nicht dich oder sonst wen. Er kennt Krämer nämlich auch nicht. Leider.« Er zeichnete gedankenverloren mit dem Zeigefinger die große, goldene, umkränzte »90« auf dem Einladungsschreiben nach. »90 Jahre wird der Alte schon ... Heinz Krämer war mal Revierchef hier im 14.! Damals nach der Flut 1962 hat ihm Helmut Schmidt persönlich für seinen Einsatz gedankt! Das war seine große Stunde ...«

Vor seinem geistigen Auge sah Lothar einen prunkvollen Festsaal, vorfahrende Limousinen, prominente

Gäste ... Begeistert stupste er seinen Freund an. »Mensch, Dietmar, da kommt sicher alles zum Empfang, was Rang und Namen hat! Das macht doch Spaß, sich die Leute alle anzugucken!«

Dietmar ließ dieser Enthusiasmus kalt. »Ich bin nicht scharf darauf! In großen Krisen war der alte Krämer vielleicht Klasse, aber als Chef und als Ausbilder an der Polizeischule ... Wir haben alle gezittert, ich auch!«

»Wenn du nicht willst – ich geh gern!«, erbot sich Lothar großmütig.

»Nee, Lothar. Da muss ich durch.« Dietmar ließ den Kopf hängen, und nun tat er Lothar schon wieder Leid.

»Das ist doch alles Schnee von gestern!«, versuchte er seinen Freund zu trösten. »Du gehst da hin, gratulierst schön im Namen des Reviers, tauchst in der Menge unter, greifst dir ein paar nette Happen vom Büfett und das war's dann!«

Dietmar atmete durch, schon etwas gefasster. »Hast ja Recht, auf mich achtet da kein Schwein – Krämer sowieso nicht! Der merkt gar nicht, dass ich da bin ...«

Plötzlich tippte ihm Rolf Bogner auf die Schulter. »Nett von dir, dass du mir die Sache mit Krämers Empfang abnimmst, Dietmar! Hier – du sollst nicht noch extra Arbeit damit haben ...«, sagte er und ließ einen gefalteten Bogen Papier auf den Schreibtisch fallen.

Dietmar sah den Chef verständnislos an. »Was ist das?«

Bogner nestelte etwas verlegen an seiner Brille. »Nur ein paar Worte für Krämers Jubiläumsempfang.«

Dietmar saß plötzlich stocksteif da. »Rolf, ich kann nicht ... ich möchte eigentlich nicht ...«

Bogner unterbrach ihn energisch. »Du bist da quasi als offizieller Vertreter des Reviers, da ist eine kleine Rede angebracht! Brauchst nur abzulesen!« Damit zog er sich schon wieder zurück, besann sich aber kurz und wandte sich noch an Lothar. »Wenn Anna und Dirk von der Streife zurück sind, sollen sie bitte in mein Büro kommen!«

Lothar nickte, während Dietmar konsterniert auf Bogners Papier starrte. »Eine Rede! Von wegen, schnell in der Menge untertauchen!«

Lothar sah dem Chef nachdenklich nach. »Wieso geht Rolf eigentlich nicht selbst zu dem Empfang? So was lässt er sich doch sonst nicht entgehen – selbst wenn er die Leute nicht kennt!«

»Er war gerade gestern erst auf einer Preisverleihung vom Verein *Bürger gegen Jugendkriminalität*«, erklärte Dietmar ergeben. »Da wollte er morgen nicht schon wieder weg.«

»Rolf war bei einer Preisverleihung, Harry ist bei einer Hochzeit, du gehst zum Empfang!«, maulte Lothar. »Arbeitet hier eigentlich überhaupt noch jemand?«

In diesem Moment klingelte das Telefon, Dietmar hob ab und drückte seinem Kollegen bestimmt den Hörer in die Hand. »Ja. Du.«

Henning Schulz, der Zivilfahnder, stand am Kopiergerät und beobachtete gelangweilt, wie der gleißende Lichtstrahl die zweifellos bedeutsame Dienstmitteilung 4293/AZ aus der sicher noch bedeutsameren Umlaufmappe 04/03 pixelgenau einscannte und die gelesenen Informationen an eine mysteriöse Schaltzentrale im Inneren der Apparatur weiterleitete. Wimmernd setzte sich der betagte Drucker in Betrieb und erbrach in exakter Regelmäßigkeit Duplikate der Mitteilung – die dadurch leider auch nicht interessanter wurde. Getretener Quark wird breit, nicht stark, schoss es Henning durch den Sinn. Ist von Goethe. Meinte er jedenfalls zu erinnern. Deutsch war in der Schule nicht unbedingt sein Fach gewesen.

Sport schon eher! Er reckte sich. Jetzt nach draußen, ab durch den Park ... Stattdessen war heute Schreibtischarbeit angesagt, absolut öde. Und ohne Harry machte es sowieso keinen Spaß.

Ein junger Mann mit Wuschelkopf und speckiger Fleecejacke schlingerte mit reichlich Schlagseite durch den Flur auf Henning zu, rammte einen Garderobenständer, taumelte und fing sich am Kopierer ab – der prompt die Arbeit einstellte.

»Sorry!«, murmelte der Mann undeutlich. »Ich will zur Polizei ...«

»Gefunden!«, kommentierte Henning grinsend.

Der Mann sammelte sich und sah den Zivilfahnder bittend an. »Ich heiße Jochen Krohn ... Können wir uns irgendwo setzen?«

»Bitte! Mein Büro ist gleich hier.«

Wenig später saßen sie sich im kleinen Dienstzimmer der Zivilfahnder gegenüber, und Henning versuchte mühsam, die etwas wirren Aussagen des verkaterten Mannes zusammenzufassen.

»Also noch einmal, Herr Krohn: Ist Ihnen nun letzte Nacht das Portemonnaie geklaut worden – oder haben Sie es nur verloren?«

Krohn versuchte zu nicken, griff sich aber sofort mit schmerzverzerrtem Gesicht an den pochenden Brummschädel. »Ich war in so 'nem Laden und sollte zahlen – da war mein Geld weg!«

»Aha«, nickte Henning geduldig.

»Der Kellner hat meinen Ausweis dabehalten und mich weggehen lassen. Jetzt will ich meine Schulden begleichen – ich Dösbaddel hatte die Kohle nämlich nur zu Hause vergessen ...«

»Dann ist doch alles paletti! Wo ist jetzt das Problem?«

Krohn wand sich verlegen. »Ich weiß nicht mehr so

richtig, wo der Laden überhaupt war! Irgendwo in Eimsbüttel oder so ...«

Henning verkniff sich das Grinsen nur mit Mühe. »Das ist natürlich echt bitter! Ich fürchte, da bin ich überfordert.«

Zerknirscht ließ Krohn den Wuschelkopf hängen – dann hob er ihn plötzlich. »Moment mal! Mir fällt eben noch was ein!« Er deutete auf den PC-Monitor auf Hennings Schreibtisch, auf dessen Mattscheibe ein Bildschirmschoner kleine Herzchen bunten Reigen tanzen ließ. »In der Kneipe war eine Single-Party angesagt, ›Lonely Hearts Dance Club‹ hieß die Fete! Der Termin stand im Internet! Ich darf doch mal?« Schon sprang Krohn auf, drängte an den Schreibtisch, klimperte auf der Tastatur und verzog verlegen das Gesicht. »Ist mir echt peinlich, dass ich mir so dermaßen die Kanne gegeben habe.«

»Gab's einen besonderen Grund dafür?«, erkundigte sich Henning.

»Ich dachte, ich wäre verabredet gewesen, aber da kam keine ...«

»Das ist ein Grund«, stimmte Henning mitleidig zu.

Jetzt erschien eine bunte Seite auf dem Monitor. Krohn schnippte erfreut mit den Fingern. »Bingo! ›Lonely Hearts Dance Club‹ – gestern in der Taverna Manolis, Eimsbütteler Chaussee!«

»Dann können Sie Ihre Rechnung ja jetzt bezahlen und den Ausweis wieder auslösen!«

Krohn fiel sichtlich ein Stein vom Herzen. »Mach ich sofort! Vielen Dank!« Er hastete zur Tür, während Henning neugierig die Internetseite auf dem Monitor studierte. »Hier steht: In drei Tagen steigt der nächste ›Lonely Hearts Dance Club‹!«

»Bloß nicht!«, ließ sich Krohn noch gequält vernehmen, dann fiel die Tür hinter ihm zu.

Henning wandte sich wieder schmunzelnd dem Monitor zu und stutzte. Ein knalliges Werbebanner blinkte penetrant: *Traumfrau! Sie beschreiben, wir machen das Bild – click here!* »Interessant!«, murmelte er und klickte schon mit der Maus auf das Icon – ein kurzer Fragebogen erschien. Er las kurz, dann zog er sich die Tastatur heran und begann zu tippen.

»Welcher Typ? Schlank. Zierlich. Dunkel. Braune Augen. Charakter? Temperamentvoll. Fröhlich. Aufgeschlossen ...«

Er lehnte sich zurück, überflog das Geschriebene und hackte schwungvoll auf die Return-Taste. »Her mit der Traumfrau!«

Für einige Sekunden blieb der Bildschirm dunkel. Dann baute sich ein Bild langsam von oben nach unten auf, und Henning beugte sich gespannt vor: eine südländische Schöne am Alsterufer – niemand anders als unzweifelhaft Hariklia Möller!

»Harry!«, stieß er verblüfft aus. Seine Kollegin Harry! Mit enger Jeans, offener Jacke und das hübsche Gesicht verträumt lächelnd der Sonne zugewandt. Nun erschien auch ein Textkasten unter ihrem Foto: »Hallo Träumer! Ich suche dich schon lange. Wenn du mit mir Kontakt aufnehmen willst, schicke mir eine Mail!« Daneben eine Adresse. Henning starrte fassungslos auf das Bild. Harry auf der Pirsch. Und er hatte sich eingebildet, es wäre nur noch eine Frage der Zeit, bis sie und er ... Spontan schaltete er den Computer aus und ließ alle Programme abstürzen. Das monotone Sirren des Gebläses erstarb jäh. Henning sackte nach vorn und drückte den Kopf auf die Schreibtischplatte, als hätte man ihm die Luft herausgelassen.

»Harry ...«

»Solange wir kein klares Muster abstecken können, haben wir kaum Chancen, die Typen zu kriegen!«, meinte Dirk, stieß energisch die Glastür zum 14. Revier auf und ließ Anna den Vortritt.

»Das heißt, wir sollen einfach abwarten, bis sich die Klingelgangster selbst ein Bein stellen?«, erwiderte Anna. »Das kann's ja wohl nicht sein!« Sie betraten den großen Dienstraum, wo an mehreren Schreibtischen uniformierte Kollegen ihrer Arbeit nachgingen. Dirk klatschte die zusammengerollte Morgenzeitung in die flache Handfläche wie einen Schlagstock, dann ließ er das Blatt vor Dietmar Steiner auf die Tischplatte fallen. »Lies mal was Leichtes, Dicker – du siehst so verspannt aus!«

Dietmar blickte irritiert vom Manuskript der Bogner'schen Festrede auf, aber da schnappte Lothar Krüger ihm die Zeitung bereits vor der Nase weg.

»Dietmar hat zu tun!«, behauptete er gelassen und studierte schon interessiert eine Bikini-Nixe auf der letzten Seite. »Ihr übrigens auch! Der Chef will euch sprechen.«

Da stand Rolf Bogner auch schon am Sichtfenster seines Büros und winkte sie heran. Die beiden Polizisten setzten sich in Bewegung, traten ein und schlossen die Tür hinter sich. Bogner ging zu seinem Schreibtisch, blieb aber stehen – Anna und Dirk ebenfalls.

»Diese Klingelüberfälle auf Rentner«, begann der Chef. »Wie ist der Ermittlungsstand?«

»Die Täter sind Kinder oder Jugendliche, immer zu zweit!«, fasste Anna zusammen, und ihr Kollege ergänzte: »Immer mit dem alten Hut: Einer bittet um ein Glas Wasser, und während die mitleidige Oma in die Küche geht, wird die Bude nach dem Sparstrumpf durchwühlt!«

»Oder einer muss angeblich dringend auf Toilette und räumt ab, während der andere das Opfer in ein Gespräch verwickelt«, fuhr Anna fort.

Bogner nickte ungeduldig. Die Masche war in der Tat nichts Neues. Wie oft hatte er solche Fälle schon erlebt? »Habt ihr genaue Hinweise auf die Täter? Eine Personenbeschreibung? Irgendwas?«, erkundigte er sich.

»Eine?« Dirk schnaufte erbittert. »Etliche!«

»Die Beschreibungen sind so unterschiedlich, dass wir von diversen Tätern ausgehen müssen«, erklärte Anna. »Es ist nicht mal klar, ob alle Fälle in einem Zusammenhang stehen oder nicht!«

Bogner fingerte nervös an seiner Brille herum. »Das ist nicht viel ...«

»Da kann ich dir nur Recht geben!«, bekräftigte Dirk. »Wir können praktisch nur darauf hoffen, dass man wenigstens mal einen von denen auf frischer Tat ertappt!«

Bogner schüttelte resigniert den Kopf und lehnte sich gegen den Schreibtisch. »Ich war gestern auf einer Veranstaltung. Da haben mir die Leute die Hölle heiß gemacht: Die Polizei tut zu wenig für die Sicherheit der Bürger, hieß es von allen Seiten!«

»Was war denn das für eine Veranstaltung?«, erkundigte sich Anna.

»Eine Preisverleihung. Von den *Bürgern gegen Jugendkriminalität*«!, sagte Bogner.

Dirk verdrehte die Augen. »Ach sooo ...«

»Ach, was?« Bogner musterte seinen Mitarbeiter kritisch über den Rand seiner Brille. Dirk Matthies war ein guter Polizist – aber beileibe kein einfach zu führender Untergebener. Rolf Bogner hatte schon oft genug seine Probleme mit ihm gehabt.

Dirk winkte genervt ab. »Da stand heute was in der Zeitung von diesem John-Wayne-Erzieher, dem dieser Verein einen Preis angehängt hat!«

Bogner stieß sich energisch vom Schreibtisch ab. »Ich sag euch was: Dieser Olaf Sundermann arbeitet seit Jahren mit Problemkindern! Das ist kein dummer Mensch, und was der zu sagen hat, gibt vielen Leuten zu denken! Wenn es mehr von seiner Sorte gäbe, hätten wir vielleicht weniger Probleme!«

»Und wenn es mehr Polizisten gäbe, hätte ich vielleicht weniger Überstunden!«, warf Dirk flapsig ein.

»Je jünger die Täter, desto unheimlicher sind sie den Leuten – so ist das, Dirk! Man denkt unweigerlich: Das sind jetzt schon solche Monster – was wird *noch* aus denen werden? Das macht Angst. Und wisst ihr was?« Bogner sah seine beiden Mitarbeiter eindringlich an. »Mir macht das auch Angst.«

Sie schwiegen betreten, dann gab sich Dirk einen Ruck. »Du hast ja Recht, Rolf. Aber wir tun, was wir können.«

Der Revierchef nickte. »Das erwarte ich, Dirk – genau das.«

»Wenigstens ist heute noch keine neue Anzeige in dieser Sache eingegangen«, brummte Dirk missmutig, als sie sich mit einem Stapel Aktenordnern an ihren Schreibtischen niederließen.

»Bis jetzt!« Anna klopfte kurz auf Holz. »Wir haben auch so genug Fälle. Da sind mindestens ein Dutzend, die in dieses Klingelgangster-Muster passen! Also, ran an die Anzeigenprotokolle ...« Sie zog sich eine Akte heran. Dirk zögerte noch. »Was ist?«, fragte sie ihn.

»Fang schon mal ohne mich an! Mir fällt gerade ein, dass ich noch eine Anzeige schreiben muss – von gestern Abend.«

»Ach – die schöne Ex-Nachbarin?«, schmunzelte Anna. »Was hat die denn für ein Problem?«

Dirk winkte ab. »Belästigung. Anzeige gegen Unbekannt. Vielleicht ein Spanner oder so.«

»Na ja – wo die Frau doch sooo schön ist ...«

»Ist sie tatsächlich.«

Anna musterte ihren Kollegen überrascht, der schon gedankenverloren ein Formular in die Schreibmaschine einspannte und zu tippen begann. Seit sie Dirk kannte, hatte sie schon ein paar Mal erlebt, wie es zwischen ihm und einer Frau gefunkt hatte. Aber dabei blieb Dirk immer Dirk – breitbeinig auf dem Boden aller Tatsachen, unerschütterlich in seinen Ansichten und selbst bei Gefühlsstürmen Stärke zwölf kaum aus der Ruhe zu bringen. Diesmal wirkte er anders. Wenn so etwas überhaupt möglich ist, überlegte Anna, dann könnte man fast meinen, er wäre verunsichert. Ist ja allerhand!

»Wohin geht man mit einer Frau aus, deren Lieblingslokale normalerweise so in der Preisklasse Hotel Jacob liegen?«, fragte Dirk jetzt beiläufig, ohne die Tipperei zu unterbrechen.

Auweia, dachte Anna. Da hat er sich ja was eingehandelt! »Wohin gehst du denn normalerweise?«, tastete sie sich vor.

»Big Harrys Eck zum Beispiel, weißt du doch.«

Anna zuckte mit den Achseln. »Na – das wäre ein echtes Kontrastprogramm!«

»Kontrastprogramm«, murmelte Dirk nachdenklich und zog geräuschvoll das Anzeigenprotokoll aus der Maschine. »Ist vielleicht nicht schlecht ...«

»Hallo, Dirk.« Nur für einen winzigen Moment bekamen sie ihre erste Verlegenheit nicht in den Griff – dann streiften Vivians Lippen rasch Dirks Wange, sie zog ihn zu sich herein, schloss die Haustür und strahlte ihn an. »Das ist aber ein schnelles Rückspiel!«

»Zu schnell für dich?«, fragte Dirk.

»Für mich? Ich lebe auf der Überholspur – so kommt es mir jedenfalls manchmal vor! Heute zum Beispiel, das war ein Tag … Hier hinein, bitte!« Vivian lotste ihn in ein weitläufiges Wohnzimmer. »Zwei Minuten, ja? Ich ziehe mich nur schnell um.«

Schon war sie weg. Dirk sah sich neugierig um: Auf dem Fußboden lag ein schwerer Orient-Teppich, auf dem Kaminsims standen Silberleuchter, und das gediegene Mobiliar war von sicherer Hand geschmackvoll aufeinander abgestimmt. Nicht gerade Ikea-Liga, registrierte Dirk. Er trat ans Fenster und blickte auf eine exotische Oase voller Blumenkübel und Rattanmöbel. Südseezauber. Soll bestimmt zu dem Bild da an der Wand gegenüber passen! Es war das einzige Gemälde im ganzen Raum. Gar nicht mal groß – zwanzig mal fünfundzwanzig Zentimeter, schätzte Dirk, als er es näher betrachtete. Ein schwarzhaariges Mädchen räkelte sich barbusig unter Palmen.

»Die Königin der Schönheit!«, hörte er plötzlich Vivians Stimme hinter sich.

Dirk drehte sich um, ließ den Blick an ihr herunterwandern und pfiff anerkennend. »Finde ich auch!«

Sie lachte. »Das Bild, du Charmeur! Es heißt so! Oder woran denkst du, wenn du es betrachtest?«

»Es gibt kein Bier auf Hawaii.«

»Kunstbanause!« Vivian boxte ihm lachend in die Seite. »Das ist ein echter Gauguin! Das wertvollste Stück, das ich besitze!«

»Aha.« Dirk ignorierte das Gemälde. Vivian live war viel schöner. »Wollen wir?«

»Ich bin fertig. Nur noch die Alarmanlage …« Sie öffnete ein kleines Schränkchen und tippte einen Code auf ein verborgenes Display.

»So wertvoll?« Dirk nickte beeindruckt zu dem Gemälde hinüber.

»So wertvoll! Hier ist alles gesichert, die Türen, Fenster ... Die Alarmanlage ist eine Auflage der Versicherung! Wo gehen wir hin?«

»In enge, graue Straßen. Zu Schlampen und Malochern.«

Vivian stutzte und sah ihn forschend an – Dirk hielt dem Blick unbewegt stand. »Kommst du mit?«

Sie straffte sich und nahm seine Hand. »Mit dir komme ich überall hin mit.«

Big Harry knallte zwei frisch gezapfte Bierkrüge auf den soliden Tresen seiner rauchigen Kneipe. »Einmal für Matthies und die arme Frau, die seine Begleitung ertragen muss!«

Dirk grinste und nahm die Krüge entgegen. »Wieso? Ich führe sie ins beste Lokal am Platze!«

»Das stimmt!«, nickte Big Harry und beugte sich vertraulich zu Vivian über den Tresen. »Bei mir fühlt sich sogar die Polizei sicher! Wenn hier einer frech wird ...« Er donnerte krachend seine enorme Faust auf die Theke, so dass Gläser klirrten und Bierdeckel hüpften.

Dirk lotste Vivian in eine halbwegs ruhige Ecke. »Keine Bange! Big Harry ist eine Seele von Mensch!«

»So sieht er aus!«, meinte Vivian und sah zum Tresen hinüber, wo der bärige Wirt gerade lautstark seine Tätowierungen mit denen eines ähnlich gebauten Gastes verglich.

»Alles raue Schale, Vivian. Ein Mann von Big Harrys Kaliber kann sich einen weichen Kern leisten. So, wie er gebaut ist, muss er nur selten handgreiflich werden. Da sind andere viel schlimmer. Der Kleine da hinten zum Beispiel – ein echter Giftzwerg. Der hat mal einen ganzen Trupp Fußball-Hooligans allein aufgemischt! Oder der Stille am Ecktisch da vorne – den musste ich bestimmt schon dreimal einbuchten ...«

Sie sah nachdenklich in die lärmende Runde der Gäste. »Das ist also dein Alltag. Dein Revier.«

»Große Haie, kleine Fische«, nickte Dirk grinsend.

»Es scheint, als wüsste ich überhaupt nichts von dir. Ich hätte nie erwartet, dich mal in Uniform zu sehen! Sozusagen als tragende Säule der Staatsmacht!«

»Staatsmacht? So sehe ich das nicht ...«, wehrte Dirk ab.

»Warum bist du Polizist geworden, Dirk?«, fragte Vivian.

Er überlegte kurz. »Heute zum Beispiel haben meine Kollegin und ich erlebt, wie zwei Schlägertypen einem Jungen die neue Jacke abziehen wollten. Wir sind gerade noch rechtzeitig dazwischen gegangen.«

»Dirk, der weiße Ritter! Immer bereit, den Guten vor den Schlechten zu beschützen! Deshalb also Polizist?«

Er schüttelte den Kopf. »So einfach ist es nie, Vivian. Einen der Schläger meine ich erkannt zu haben, bevor sie abgehauen sind – einen Typ namens Malte. Der ist eigentlich eher dumm als gemein. Der Junge mit der Jacke machte dagegen gar keinen dummen Eindruck. Aber eine Anzeige wollte er nicht erstatten, und auf Polizei schien er überhaupt keinen Bock zu haben.«

»Obwohl ihr ihn vor den Schlägern gerettet habt?«, erkundigte sich Vivian. »Dann ist er wohl doch kein Guter ...«

»Es geht nicht um weiße Ritter und nicht um den Kampf Gut gegen Böse! Ich weiß auch nicht immer, wer gut oder schlecht ist – aber ich weiß, was man tun muss oder besser lassen sollte!«

Vivian sah Dirk an, eine Spur zweifelnd. »Das weißt du?«

»Du nicht?«, entgegnete er.

Ein lauter Tumult am Tresen zog plötzlich ihre Aufmerksamkeit auf sich: Ein stämmiger Herr im Rentenalter mit dem honorigen Aussehen eines Bankdirektors drängte sich bis vor die Theke, riss Big Harry ein frisch gezapftes Bier aus der Hand und leerte es in einem Zug. Dann schnappte er nach Luft, hochrot wie ein durchgeglühter Dampfkessel. »Muss mich setzen …« Er ließ den Blick durch die verräucherte Kneipe irren, entdeckte Dirk und steuerte auf ihn zu. »Dirk Matthies – endlich ein normaler Mensch!« Ächzend ließ sich der Mann auf einen freien Stuhl an ihrem Tisch fallen.

Dirk schmunzelte und zwinkerte seiner verblüfften Begleiterin zu. »Darf ich vorstellen, Vivian, das ist Achim Reiter! Normalerweise hat er Stil und benimmt sich nicht so. Achim, Vivian Thalbach, eine gute Freundin von mir.«

Reiter sammelte sich allmählich. »Entschuldigen Sie bitte meinen Auftritt, werte Dame!« Vivian winkte beschwichtigend ab.

»Was ist denn los? In dem Zustand hab ich dich ja nicht mal bei deiner letzten Scheidung erlebt!«, griente Dirk.

»Scheidungen bin ich ja auch gewöhnt! Aber das heute …« Reiter schüttelte fassungslos den Kopf. »Was mache ich beruflich, Dirk?«

Der zuckte erstaunt mit den Achseln. »Du verzierst Fassaden und Innenräume, Speise- und Getränkekarten, Programmhefte …«

Reiter unterbrach ihn ungeduldig: »*Was* male ich?«

Dirk grinste breit. »Nackte Tatsachen, würde ich sagen!«

Reiter sprang auf. »Würdest du sagen, so so! Dann kommt mal mit, ihr beiden, ist gleich um die Ecke!« Schon strebte er zum Ausgang – Dirk und Vivian wechselten einen überraschten Blick, dann griff sie kurzentschlossen nach ihrem Mantel. »Jetzt bin ich neugierig!«

Sie verließen die Kneipe und folgten dem wortlos voranstürmenden Achim Reiter bis zu einem hell erleuchteten Laden, hinter dessen Fenstern sich eine Menge Leute vor großformatigen Gemälden drängten.

»Eine Galerie?«, fragte Vivian.

Reiter schnaubte aufgebracht durch die Zähne. »Ja, eine Galerie! Der Besitzer hat mich überredet, meine Bilder ausstellen zu dürfen. Das hab ich nun davon!«

»Aber das ist doch wunderbar!«

»Ehre, wem Ehre gebührt!«, schmunzelte Dirk ahnungsvoll. »Dann mal rein ins Getümmel!« Sie drängten sich in den überfüllten Raum. Angesichts der ausgehängten Werke stockte Vivian der Atem: Pralle Frauenkörper in allen lockenden Lagen, ebenso nackt wie naturgetreu!

»Achims Kunden sind normalerweise die Sexshops und Striplokale auf dem Kiez!«, versetzte Dirk trocken, und Reiter fügte entschuldigend dazu: »Kleidung malen krieg ich sowieso nie richtig hin ...«

Vivian lachte herzlich. »Angezogen wären die auch viel zu schade!« Neugierig musterte sie das Publikum: blasierte Damen mit Champagnerkelchen und auffallenden Fummeln, angespannt wirkende Männer mit Designerbrillen und dezenten Piercings – seht her, ich bin ein Rebell und liege trotzdem voll im Trend! »Aber wo ist das Problem? Freuen Sie sich nicht über das Interesse an Ihrer Arbeit?«

Reiter schüttelte bedächtig den Kopf. »Männer wollen nackte Frauen sehen, und ich male nackte Frauen. Das ist ein ehrlicher Deal. Wissen Sie, wie man mich dafür auf dem Kiez nennt? Titten-Achim. Das geht in Ordnung. Seit vierzig Jahren mache ich diesen Job. Und jetzt soll das plötzlich alles Kunst sein? Hören Sie hin, was diese Leute hier über diese Bilder zu sagen haben! So etwas habe ich nie gemalt!«

»Achim, da bist du ja endlich wieder!« Ein aufgeregtes Männchen mit schütterer Pferdeschwanzfrisur zog den Maler mit sich. »Kampovski will deine Diana kaufen! Hab ich dir nicht von Kampovski erzählt, er hat ein Vermögen mit Aktien ...« Schon tauchten sie in der Menge unter, und Vivian sah sich suchend nach Dirk um. Sie entdeckte ihn neben einem Pärchen, das beeindruckt in den Anblick eines Gemäldes versunken war – eine strahlend entblößte Blondine, deren offensichtliche Vorzüge selbst eine Pamela Anderson in tiefste Depressionen gestürzt hätte.

»Kunst beruht auf System«, dozierte der Mann gerade, als Vivian zum amüsiert lauschenden Dirk trat. »Hier ist die Schaffenskraft eines großen Geistes fast greifbar!«

»Du sagst es!«, hauchte seine Begleiterin ergriffen. »Wenn man bedenkt, dass die Impressionisten glaubten, sie hätten den künstlerischen Glauben an die objektive Wirklichkeit der Natur für immer zerstört ...«

»Man sieht die Zeit in diesem Oeuvre, flüchtig und unkontrollierbar!«, nickte der Mann eifrig und wandte sich an Dirk. »Finden Sie nicht?«

»Man sieht enorme Brüste«, kommentierte Dirk unbewegt, und irritiert lächelnd zog das Pärchen ab.

Vivian prustete vor Vergnügen. »Du hast absolut keinen Sinn für die schönen Künste, Dirk Matthies!«

»Ich lüge nicht – so ist das, Verehrteste ...«

Sie kicherten immer noch, als Dirk seinen Heckflossen-Oldtimer in die Straße von Vivians Wohnung lenkte. Achim Reiter hatte sich in sein Schicksal gefügt, sämtliche Autogrammwünsche befriedigt und alle verkauften Bilder großspurig mit »Pablo Inkasso« signiert, bis ihm der Champagner die Lichter ausknipste und die kulturbeflissene Meute ihrer weiteren Umlaufbahn durch die angesagten Etablissements der City folgte.

Dirk steuerte gerade die Einfahrt durch das schmiedeeiserne Tor an, da hetzte plötzlich eine dunkle Gestalt die Straße herauf auf sie zu.

»Das ist Alexandra!«, fuhr Vivian erstaunt auf. Schon hielt der Wagen, und Dirk sprang heraus – es war tatsächlich Alexandra, die angerannt kam und ihrer Schwester in die Arme fiel!

»Vivian! Ist alles in Ordnung mit dir? Ich bin ja so froh ...«

Vivian drückte sie fest und wechselte einen überraschten Blick mit Dirk – dann schob sie ihre Schwester fragend von sich. »Natürlich ist alles in Ordnung! Was machst du um diese Zeit hier draußen? Warst du joggen?« Alexandra trug tatsächlich Joggingdress und Laufschuhe, registrierte Dirk.

Sie sammelte sich allmählich. »Ich konnte nicht schlafen! Da wollte ich noch eine Runde laufen...« Sie lächelte Dirk verlegen zu und strich sich eine Haarsträhne aus dem Gesicht. »Ich wohne nur knapp drei Kilometer entfernt ...«

»Respekt! Aber warum hast du dich eben so aufgeregt?«

»Als ich hier vorbeigelaufen bin, war mir so, als hätte ich auf Vivians Terrasse einen Schatten gesehen! Ich bin ein Stück weitergerannt, dann habe ich mich zurückgeschlichen.«

»Und?«, hakte Vivian aufgeregt nach. »War da jemand? Hast du ihn gesehen?«

Alexandra nickte eifrig. »Ein Mann! Er hat mich leider bemerkt und ist weggerannt – ich hinterher, aber er war schneller. Dann fiel mir plötzlich ein, dass du vielleicht schon zu Hause wärst und der Mann gerade aus deiner Wohnung gekommen ist und dir vielleicht etwas getan hätte ...« Sie verstummte schaudernd.

»Kannst du den Mann beschreiben?«, wollte Dirk wissen.

»Ein Mann in dunklen Klamotten. Er trug eine heruntergezogene Skimütze, wie ein Bankräuber.«

Vivian drückte sie wieder an sich. »Arme Alexandra!«

Dirk sah entschlossen zu dem dunkel und friedlich aufragenden Wohnhaus hinüber. »Wir sollten sofort nachsehen, ob etwas fehlt!«

Wie sich schnell feststellen ließ, fehlte nichts in Vivian Thalbachs Wohnung. Gauguins »Königin der Schönheit« hing unberührt an der Wand. Schlösser und Riegel waren unversehrt. Und trotz intensivster Suche konnte Dirk weder auf der Terrasse noch an den Türen und Fenstern Spuren eines Einbruchs oder des geheimnisvollen schwarzen Mannes entdecken. Dirk hatte sich erboten, Alexandra zu ihrer Wohnung zu fahren, aber damit war er auf energische Ablehnung gestoßen: Auf keinen Fall wolle sie, dass Vivian hier jetzt alleine bliebe! So hatte sich Alexandra schließlich ein Taxi gerufen und war gegangen.

»Vielleicht sollte meine Schwester mal Urlaub machen«, überlegte Vivian laut, als sie es sich neben Dirk auf einem gemütlichen Sofa bequem machte und an einem Calvados nippte. »Vielleicht muss sie ausspannen und sich einfach erholen!«

»Auf mich macht sie einen ziemlich fitten Eindruck – drei Kilometer Jogging mit anschließendem Verfolgungssprint, und sie hat nicht mal richtig geschwitzt ...«

»Ich meine ja auch eher ihr Nervenkostüm!«, sagte Vivian. »Wer weiß, was sie da wieder gesehen hat ...«

»Wenn der Mann wirklich maskiert war, lässt sich kaum eine harmlose Absicht unterstellen!«, gab Dirk zu bedenken.

Vivian stellte ihr Glas ab und zupfte spielerisch an seinem Ohrläppchen. »Dann musst du wohl gut auf mich aufpassen, Herr Schutzmann! Aber wie willst du das machen, wenn du gleich gehst?« Sie sah ihm provozierend tief in die Augen – er erwiderte den Blick gleichermaßen.

»Ich muss ja nicht gehen ...«

»Nein! Nicht ...« Dietmar Steiner fuhr hoch und tastete sich nur mühsam zurück ins Hier und Jetzt. Erst als seine Hände den vertrauten Wecker umklammerten, wusste er sicher, dass er zu Hause in seinem Bett lag. Er atmete tief durch und setzte sich auf. Sammeln, Dietmar. Nur ein Alptraum. Er stieg aus dem Bett, streifte sich einen Bademantel über und stieg leise die Treppe hinab zur Küche. Aus Lothars Zimmer war dezentes Schnarchen zu vernehmen. Der schläft natürlich den Schlaf des Gerechten, dachte Dietmar nicht ohne Selbstmitleid. Vielleicht sogar eher den Schlaf des Selbstgerechten! Lothar ist ein feiner Kerl, rief sich Dietmar sofort innerlich zur Ordnung – ein guter Freund und eine Seele von Mensch, nicht so ein Stinkstiefel wie der alte Heinz Krämer ...

Er ging an den Kühlschrank, schenkte sich ein Glas Milch ein und setzte sich gedankenverloren an den Küchentisch. Schon nach vier Uhr. Da wird's nichts mehr mit Schlafen. Und alles nur wegen Krämer! Eben im Traum war Dietmar wieder der junge Polizeischüler gewesen, der damals schon einen ebenso verbissenen wie aussichtslosen Kampf gegen sein Übergewicht führte – was Krämer immer wieder Anlass für hämische Kommentare bot. Pudding in Uniform oder Bullen-Bulette – das waren so Krämers Spitznamen für den ansonsten immer eifrig um Pflichterfüllung bemühten Dietmar gewesen. Andere Kameraden hatte Krämer noch weitaus schlimmer getriezt. Als die Polizeischule und damit Heinz Krämer für Dietmar endlich überstanden war, hatte er die Erinnerung an den Alten einfach verdrängt. Heute nun sollte er zu Krämers großem Jubiläumsempfang – und schon krochen vertraute Ängste aus dunklen Ecken der Vergangenheit ...

Dietmar nippte nachdenklich an seiner Milch. Dass einen so etwas nicht loslässt! Er kannte jemanden, der regelmäßig von einer Mathearbeit träumte, die damit endete, dass er ein leeres Blatt abgab. Wie oft hatte Dietmar schon über diese Geschichte gelacht? Jetzt blieb ihm das Lachen im Hals stecken. Er stand auf und trat ans Fenster, sah sich selbst im Spiegel der dunklen Scheibe: ein untersetzter Mann mit müden Augen, Falten wie Jahresringen und schütterem Grauhaar. Das Leben ist ungerecht, fuhr es Dietmar durch den Sinn – der Körper altert, aber die Angst bleibt ewig jung.

Dirk erwachte, weil ihn Vivians lange Haare im Gesicht kitzelten. Vorsichtig hob er den Kopf: Sie schlief noch, ganz entspannt. Vertraut und doch noch fremd. Behutsam sackte er zurück ins Kissen. Irgendetwas war verdammt anders als sonst. Er war schon mit einigen Frauen zusammen gewesen, seit Ellens Tod. Stets ebenso heitere wie unverbindliche Beziehungsepisoden. Ellen ... Damals war er zu spät gekommen, als sie, vergiftet von einer Mörderin, elend sterben musste. Seine Kollegin Ellen Wegner. Die einzige Frau, die er je hatte heiraten wollen. Ihm schien, als hörte er Ellens Stimme, die ihm zuflüsterte: »Pass gut auf, Dirk Matthies ...« Gab es jetzt wieder jemanden, der seiner Geliebten nach dem Leben trachtete – kaum, dass er sie gefunden hatte? Geliebte Vivian. Liebte er sie wirklich? Würden sie beide hier überhaupt zusammen im Bett liegen, ohne die Aktion des geheimnisvollen Terrassenbesuchers?

»Wärst du auch ohne den schwarzen Mann heute

Nacht bei mir geblieben, Dirk?« Vivian beugte sich über ihn und schenkte ihm ihr Koboldgrinsen.

Hellsehen kann die Frau also auch noch, dachte Dirk. »Wenn du mich lieb darum gebeten hättest ...«

Sie sah ihn ernst an. »Wie geht es jetzt weiter?«

»Wie sieht dein Tag heute aus?«, fragte Dirk.

»Jede Menge Termine. Vor allem in meinem Büro.«

Dirk überlegte kurz. »Mein Dienst fängt auch bald an. Gut – ich denke nicht, dass dein geheimnisvoller Finsterling tagsüber in Aktion tritt. Bisher hat er ja stets versucht, im Verborgenen zu bleiben! Du hast bei der Arbeit doch Leute um dich herum?« Sie nickte, und Dirk fuhr fort: »Dann fahre ich dich gleich ins Büro. Falls dir tagsüber etwas bedrohlich vorkommt, rufst du mich sofort an!«

Sie lächelte. »Und was ist mit dem Feierabend? Und der nächsten Nacht?«

»Ich hole dich in deinem Büro ab. Und nachts ...« Er grinste lausbübisch. »Ich glaube, da fällt uns noch was ein ...«

Anna Bergmann schob sich etwas steif auf den Beifahrersitz des Streifenwagens und verzog schmerzlich ihr Gesicht.

»Altersbeschwerden?«, erkundigte sich Dirk.

»Revanchepartie!« Anna schnallte den Gurt fest.

»Mit dem Squash-Tarzan aus deinem Fitnessclub?«, staunte Dirk. »Ich dachte, dem hättest du schon vorgestern gezeigt, wo der Hammer hängt!« Er startete den 14/2 und rollte vom Parkplatz des 14. Reviers.

»Hab ich auch! K. o. in drei glatten Sätzen!«, erzählte Anna. Aber gestern wollte er Revanche und hat sich voll reingehängt. Ich mich allerdings auch!«

»Und?«

»Jörg und ich haben uns auf Unentschieden geeinigt.«

Dirk streifte seine Kollegin mit einem überraschten Seitenblick. Jörg? Er wusste von etlichen Männern, die in der Vergangenheit ihr Glück bei Anna versucht hatten – aber einen Namen hatten die alle nicht gehabt. »Da müsst ihr eben noch mal in den Ring steigen, um die Angelegenheit endgültig zu klären ...«

»Machen wir auch! Heute Abend«, sagte Anna.

»Dann muss ich dich morgen wahrscheinlich mit dem Gabelstapler in die Karre schieben!«

»Das bisschen Polizeiarbeit schaff ich auch mit Muskelkater ...«

Dirk grinste und schaltete den Scheibenwischer ein. Knarzend schoben die Gummiblätter ein Gemisch aus Taubendreck und Nieselregen beiseite. Sie fuhren durch Straßen mit gleichförmigen Backstein-Wohnblocks, ein bürgerliches Alte-Leute-Viertel mit dem Flair von Kernseife – solide und preiswert.

»Windhukstraße«, las Anna von einem Schild. »Zwei Straßen weiter war der vorletzte Klingelüberfall. Und da vorne der von gestern!«

Dirk peilte durch die verschmierte Scheibe. »Vielleicht hat sich die arme Oma inzwischen so weit beruhigt, dass ihr noch ein brauchbarer Hinweis eingefallen ist.«

Anna nickte nachdenklich. »Rolf hat Recht. Mir macht es auch Angst, wenn ich darüber nachdenke, was wohl aus manchen Kindern werden wird. Zum Beispiel aus denen, die alte Leute überfallen oder Typen wie gestern die Kerle, die dem Jungen die Jacke abziehen wollten!«

»Vielleicht werden sie später mal Polizisten«, bemerkte Dirk lakonisch und lenkte den Wagen in eine Parklücke.

Seine Kollegin sah überrascht zu ihm herüber. »Was soll denn *der* Spruch?«

Dirk stellte den Motor ab und holte tief Luft. »Du wolltest doch gestern unbedingt wissen, ob ich früher mal was geklaut habe ...«

Sie musterte ihn abwartend. »Und – hast du?«

Er nickte langsam »Mit vierzehn hab ich mit ein paar Kumpels auf Schrottplätzen brauchbare Autoteile abgeschraubt und weiterverkauft. Das war ja nicht schlimm, die Kisten standen da nur nutzlos rum. Dann kam einer auf die Idee, dass neuere Teile viel mehr Geld bringen. Einleuchtend, nicht?«

»Na ja«, erwiderte Anna.

»Also haben wir uns bei geparkten Autos auf der Straße bedient«, fuhr Dirk fort. »Alles Sachen, an die man leicht herankam: Radkappen, Zusatzleuchten und so.«

»Und keiner hat euch erwischt?«

Dirk schüttelte den Kopf – plötzlich schreckte er auf und zeigte nach draußen. »Nu guck mal da ...«

Ein Stück weit vor ihnen hielt ein Taxi auf der Gegenfahrbahn, aus dem zwei Jungen stiegen. Der erste hatte ein schmales Gesicht unter wuschelig gegelten Haaren und eine Lederjacke, unter der seine Schultern fast so breit erschienen wie die eines Erwachsenen ...

»Das ist doch Tim – der Junge von gestern!«, staunte Anna.

»Und sein Kumpel Dennis!«, nickte Dirk.

»Was machen *die* denn hier?«

»Vielleicht ihre Oma besuchen ...«

»Mit dem Taxi? Ganz schön nobel, die Burschen!«

»Passend zur Jacke. Da kommt man aber wirklich ins Grübeln, wo die ganze Kohle wohl her ist!«

»Vielleicht auch von Oma!«

Dirk grinste abschätzig. »Das werden wir sehen!«

Das Taxi fuhr wieder an, Tim und Dennis gingen zielstrebig auf einen Hauseingang zu. Dirk und Anna brauchten nur einen Blick, um sich zu verständigen! Schon schoben sie sich sachte aus dem Wagen und gingen dahinter in Deckung. Während die beiden Jungen noch unschlüssig vor der Haustür standen, pirschten sich die Polizisten hinter geparkten Autos näher heran.

Ein Summer ertönte – die Jungen verschwanden im Treppenhaus. Hinter ihnen stellte Anna ihren Fuß in die Tür und verhinderte, dass die Tür ins Schloss fiel. Dann war auch Dirk zur Stelle. »Wir lassen ihnen ein bisschen Zeit – mal sehen, was sich tut.« Anna nickte einvernehmlich, dann horchten sie beide angespannt ins Treppenhaus hinein und belauschten, wie sich ein Stockwerk über ihnen eine Wohnungstür öffnete und die Jungen ihre Masche abzogen: »Bitte, gnädige Frau, ich muss so dringend – dürfte ich bitte Ihre Toilette benutzen, es geht schon gar nicht mehr! Danke ... Ich bin gleich wieder da!«

Die alte Dame stand in ihrer offenen Wohnungstür und amüsierte sich. Nette Burschen, die beiden. So freundlich. War man ja gar nicht mehr gewöhnt heutzutage. Außerdem war das mal eine Abwechslung. Wer besuchte sie denn sonst schon? Sie zwinkerte dem Jungen in der schicken Lederjacke freundlich zu, und er lächelte mit großen Augen zurück. »Sie sind wirklich unsere Rettung! Mein Freund konnte echt nicht mehr anhalten!«

»Der Arme!«, schmunzelte die Frau.

»Wir hatten Bohnen zu Mittag, da hat er dermaßen reingehauen ...«, erzählte Tim.

Die alte Dame kicherte vergnügt. Köstlich, der Kleine. »Oh ja, das treibt, hi hi!«

»Er hat sich so gequält! Hier ist in der ganzen Straße kein einziges Café oder so.« Treuherzig sah Tim die Alte an. »Und draußen darf man ja nun echt nicht einfach ...!«

Sie schmunzelte, durchaus mit einer Spur Mitleid. Ihre Verdauung war auch nicht mehr das, was sie einmal war – derart peinliche Nöte konnte sie gut nachempfinden. »Da hast du Recht, mien Jung!«

»Und deswegen hatte ich die Idee: Wir klingeln jetzt einfach irgendwo und fragen! Zum Glück haben Sie gleich aufgemacht. Das ist wirklich echt nett von Ihnen.«

»Lass man gut sein«, griente die Alte und hörte die Toilettenspülung rauschen. »Na, da kommt der kleine Schieter schon zurück.«

Hinter ihr tauchte Dennis auf und signalisierte heimlich Tim mit hochgerecktem Daumen den Erfolg seiner Mission – dann strahlte er die Alte an: »Das war Rettung in letzter Sekunde – ich danke Ihnen herzlich!« Er drückte sich an ihr vorbei ins Treppenhaus.

»Da nich' für ...«, sagte die freundliche Dame.

Dennis zog seinen Freund schon mit sich. »Tschüs!« Sie nahmen die ersten Stufen abwärts und stutzten – plötzlich versperrten zwei Polizisten den Weg!

»Nicht so hastig!« Dirk packte Tim, während seine Kollegin Dennis gegen das Treppengeländer drückte.

Die alte Dame schlug die Hände zusammen, ebenso überrumpelt wie die beiden Jungen. »Oh Gott – was ist denn los?«

Routiniert durchsuchte Anna bereits Dennis' Jacke, beförderte ein altmodisches Portemonnaie zutage und hielt es der Frau hin. »Ist das vielleicht Ihres?«

Fassungslos griff sie danach. »Mein Haushaltsgeld! Aber ... aber das lag im Küchenschrank!« Irritiert blickte sie auf die Jungen. »Wie kommt das hierher?« Die Jungen wehrten sich jetzt nicht mehr, schwiegen aber verstockt. Dirk sah Tim grimmig in die Augen.

»Das würden wir auch gerne wissen!«, sagte Dirk. Aber das klären wir – auf der Wache ...«

»Siehst gut aus, Dietmar! Die Rede hast du?« Revierchef Rolf Bogner klopfte ihm jovial auf die Schulter. »Du machst das schon. Viel Spaß!« Damit verschwand er in seinem Büro.

Dietmar atmete tief durch. Die Uniform war frisch aufgebügelt. Das Hemd direkt aus der Kleiderkammer. Der Krawattenknoten saß perfekt. Aber irgendwas stimmte nie – vor allem nicht, wenn man mit der Figur einer Bullen-Bulette gestraft ist, dachte er bitter.

»Siehst gut aus!« Lothar Krüger war der Nächste, der aufmunternd die Pranke auf Dietmars Schulter schmetterte. »Du machst das schon!«

»Geh ich zur Hinrichtung oder was?«, fauchte Dietmar giftig.

Lothar musterte den aufgebrachten Kollegen gleichmütig. »Nö. Benimmst dich aber so.«

Plötzlich stand eine zierliche Frau mit dunklem Wuschelkopf neben ihnen. Mit den Fingern formte sie einen imaginären Fotoapparat und visierte den griesgrämig dreinblickenden Dietmar an. »Guten Tag! Bitte lächeln! Klick!«

Hariklia Möller kicherte, Dietmar und Lothar glotzten verständnislos – schon schob sich Henning Schulz erklärend heran. »Harry war die halbe Nacht auf einer Hochzeit. Absolut überdreht! Müsst ihr euch nichts bei denken!« Er packte seine vergnügt giggelnde Kollegin an den Schultern und bugsierte sie aus dem Dienstraum, verfolgt von den entgeisterten Blicken Dietmars und Lothars.

»Das muss ja ein rauschendes Fest gewesen sein!«

Lothar Krüger zog eine Grimasse. »Alle dürfen feiern – bloß ich nicht!«

Entschlossen stand Dietmar auf. »Ich geh jetzt los! Schlimmer als hier ist es auf Krämers Empfang bestimmt auch nicht!«

Harry platzte ausgelassen in das kleine Büro der Zivilfahnder, ließ sich auf einen Schreibtischstuhl mit Rollen fallen, stieß sich ab und segelte mit ausgebreiteten Armen rückwärts durchs Zimmer. »Huuiii!«

Henning schüttelte nur den Kopf. »Der gute griechische Wein, was?«

»Du glaubst, ich hab noch einen in der Birne, ja?«, sagte Harry.

Er zuckte mit den Achseln, viel sagend grinsend.

»Ich hab fast gar nichts getrunken, ich schwör's!«

»Vielleicht zu viel Sirtaki getanzt?«

»Sowieso. Aber das ist es auch nicht ...« Sie zog sich wieder an den Schreibtisch heran, jetzt ganz ernst. »Ich kenne meine Cousine Eleni mein Leben lang. Sie ist nur zwei Jahre älter als ich. Sie hat mir schon mit fünfzehn in allen Einzelheiten vorgeschwärmt, wie der Traummann sein muss, den sie mal heiraten wird.«

Traummann. Traumfrau. Henning hatte den Schock von gestern noch nicht verdaut, als er Harrys Foto plötzlich in dieser Internet-Kontaktbörse entdecken musste. Schon gar nicht hatte er sich getraut, seine Kollegin daraufhin anzusprechen. Denn dann müsste er ihr bekennen, dass sie für ihn wirklich die Traumfrau wäre – nur deshalb hatte er die Kontakt-Domain ja überhaupt gefunden! Und wenn er sich ihr offenbarte, würde er sich einen Korb holen, denn Harry wollte ja offensichtlich einen anderen Mann als ihn. Warum sonst sollte sie diese Anzeige ins Netz gestellt haben? Scheiß-Klemme ... Er setzte sich nun auch. »Und jetzt hat deine Cousine den Traummann?«

Wenn Harry sich freute, strahlte alles an ihr. Hennings Herz hüpfte ...

»Jetzt hat sie ihn! Ich hab's erst nicht geglaubt, aber der Typ ist hundertprozentig so, wie sie ihn haben wollte! Einfach irre!«

»Und deshalb bist du so aufgedreht?«

Ihre dunklen Augen glänzten. »Das freut mich tierisch! Ich meine, wann klappt schon einmal etwas wie im Märchen? Das macht einfach Mut – schließlich hat jeder so seine eigenen Träume ...«

Henning schluckte. »Du auch?«

»Du nicht?«

Er suchte vergeblich nach Worten, gab es dann auf und schob Harry einen Papierstapel über den Tisch. »Ich träume davon, dass diese Berichte endlich fertig sind!«

Harry gähnte. »Wie langweilig!«

Die beiden Jungen, die sich betont cool im spärlich möblierten Verhörzimmer des 14. Polizeireviers am einzigen Tisch auf harten Stühlen räkelten, zeigten sich von ihrer Lage unbeeindruckt. Vermutlich kannten sie so etwas nur allzu gut, schätzte Dirk. Zwei echte Herzchen. Grinsen, lügen, ab zur nächsten Schandtat.

»Und vorgestern, der Überfall auf den alten Herrn in der Röhrigstraße – das wart ihr natürlich auch nicht?«

Dennis grinste frech. »Nö.«

»Aber für diesmal seid ihr dran!«

Tim zog arrogant eine Augenbraue hoch. Hat er garantiert in irgendeinem Schundfilm gesehen, dachte Dirk.

»Wir sind unter 14 Jahre alt! Ihr könnt uns gar nichts.«

»Das wird sich noch zeigen!« Dirk bewahrte eisern Fassung.

Tim schien trotzdem nicht sonderlich beeindruckt zu sein. »Sie haben uns – reicht Ihnen das nicht?«

»Das reicht mir ganz und gar nicht.« Dirk lehnte sich zurück. Wo blieb Anna? Sie wollte die spärlichen Angaben der Jungen schnell überprüfen. Endlich – sie kam herein, in der Hand einen Notizzettel.

»Tim Virchow und Dennis Kahl, beide 13 Jahre alt – das stimmt so weit.«

»Na bitte!«, triumphierte Dennis keck.

Dirk warf ihm einen schiefen Blick zu und wandte sich an seine Kollegin. »Familie?«, fragte er.

Tim schnaubte verächtlich. »Vergiss es, Mann!«

Anna schüttelte den Kopf und las wieder ihre Notizen. »Alle Angehörigen sind entweder verstorben, oder ihr Aufenthaltsort ist unklar ...«

»Ist auch echt besser so!«, höhnte Tim.

Anna fuhr ungerührt fort: »Beide Jungs sind dem Jugendamt bekannt. Sie hauen regelmäßig aus allen Betreuungseinrichtungen ab.«

»Jo, Mann!«, griente Dennis. Die Jungen stießen sich augenzwinkernd an und klatschten sich ab.

Anna musterte sie genervt. »Obercoole Typen, was? Ihr geht mir auf den Geist! Omas beklauen, das könnt ihr – aber wenn euch jemand die Jacke abziehen will, steht ihr dumm da!«

Tim zuckte kühl mit den Achseln. »Jeder nimmt sich, was er kann!«

Anna winkte gereizt ab und wandte sich Dirk zu. »Los, wir kippen sie dem Jugendamt vor die Füße! Auf dieses Gesülze kann ich wirklich verzichten!«

»Wir machen sowieso gleich wieder die Biege!«, tönte Tim. Annas kalter Blick ließ ihn abrupt verstummen.

»Irgendwann seid ihr strafmündig und wir buchten euch richtig ein. Das Spielchen kennen wir zur Genüge ...«

Dirk hatte es satt. Er griff sich einen Stuhl und ließ sich – ganz dicht vor dem sichtlich irritierten Tim – rittlings darauf nieder. Ruhig, aber eindringlich fixierte er den Jungen, Auge in Auge. »Diesmal habe ich aber keinen Bock auf dieses Spielchen!«

Verunsichert wich Tim ein Stück zurück. Was war

plötzlich mit diesem Bullen los? Der rückte ja noch ein Stück näher! »Was soll das? Wir wollen jetzt raus hier ...«

Dirk schüttelte verneinend den Kopf – langsam, aber bestimmt. »Ich liefere euch nicht irgendwo ab, wo morgen, wenn ich euch schräge Fürsten vielleicht schon wieder suchen muss, kein Schwein mehr was von euch weiß!«

Tim spürte, wie ihm heiß wurde. Das lief nicht so wie sonst! Auch Dennis neben ihm wirkte jetzt längst nicht mehr so cool. »Was wollen Sie von uns?«, fragte er.

»Einen Namen. Jemand vom Jugendamt, ein Betreuer, ein Lehrer. Von mir aus auch eine Tante oder ein Onkel. Es muss ein Erwachsener sein, der euch kennt, dem ihr wenigstens halbwegs vertraut und bei dem das Amt mitspielt, wenn wir euch da hinbringen!«

Tim zögerte. »Und wenn uns keiner einfällt?«

Dirk grinste ihm kalt ins Gesicht. »Dann stehe ich euch von jetzt an täglich auf den Füßen – versprochen.«

Die Jungen wechselten einen Blick, verunsichert und ratlos, dann raffte sich Tim endlich zu einer Antwort auf. »Olaf Sundermann.«

Jetzt waren es Anna und Dirk, die einen überraschten Blick miteinander wechselten. Die Polizistin hakte nach: »*Der* Olaf Sundermann? Der Erzieher? Der gestern in der Zeitung war?«, fragte sie.

Die Jungen nickten bekräftigend. Dirk lehnte sich zurück, verschränkte nachdenklich die Arme und meinte: »Der Mann ist ja wirklich in aller Munde.«

Dietmar Steiner zog fröstelnd mit einer Hand seine Dienstjacke zusammen, als er aus dem Dammtorbahnhof hinaus in den Nieselregen trat – in der anderen Hand transportierte er ein kapitales Blumenbukett. Normalerweise freute er sich stets über die aufwändig restaurierte

Jugendstilfassade dieser Prachtstation. Als Junge hatte er immer Eisenbahner werden wollen. Hätte ich's gemacht, überlegte er grimmig – dann wäre ich jetzt nicht auf Gratulationstour! Andererseits gab's bei der Bahn bestimmt auch Stinkstiefel. Und überhaupt ist Undank aller Welten Lohn. Das zeigt ja schon die Geschichte des Dammtorbahnhofs, spann Dietmar das Garn weiter. Die Station war eigens für prominente Stadtbesucher vom Kaliber »Kaiser und Präsidenten« gebaut worden. Und welches lauwarme Urteil fällte Wilhelm Zwo bei der Erstbesichtigung? »Sieht ja ganz nett aus.«

»Schöne Blumen!«

Dietmar sah irritiert auf den zerlumpt gekleideten Bettler, der neben ihm an der Ampel stand und zahnlos grinste. Mechanisch zog Dietmar etwas Kleingeld aus der Tasche und drückte es dem verdatterten Mann in die Hand. »Ja. Aber ein Scheißtag«, sagte er.

Damit ließ er den Bettler stehen und eilte mit langen Schritten die Rothenbaumchaussee hinunter. Im Gehen fingerte er nervös das Papier mit Bogners Rede aus der Tasche, entfaltete es und deklamierte leise vor sich hin. »...Heinz Krämer war zu seiner aktiven Zeit als Revierchef eine Respektsperson, die jeden, der unter seiner Führung arbeitete, zutiefst beeindruckt hat ...« Er blieb stehen, atmete tief durch und steckte das Manuskript wieder ein. »Das kann man wohl sagen!« Er gab sich einen Ruck und setzte seinen Weg fort. Curio-Haus. Kleiner Festsaal. Da hinten war es schon. Wenigstens war er pünktlich.

Kurz darauf betrat Dietmar Steiner den Festsaal und sah sich irritiert um – es war noch kaum jemand da! Nur ganz hinten standen zwei Greise verloren vor einem üppigen Büfett, doch jetzt kam ein dritter Mann auf Dietmar zu – Heinz Krämer, der rüstige Jubilar. Sein dröhnender Bass ließ den Polizisten erschauern.

»Kommen Sie, kommen Sie! Wird allmählich Zeit!«, rief Krämer und streckte fordernd die Hand aus.

Mit einer steifen Verbeugung überreichte Dietmar das Bukett. »Mit besten Grüßen vom 14. Revier – herzlichen Glückwunsch!«

Krämer stutzte und musterte ihn abschätzend. »So so, das 14. ... Moment, Sie kenne ich doch!«

»Ich ... Zu Ihrer Zeit war ich noch nicht beim 14. ...«, stotterte Dietmar.

Der Alte stach mit ausgestrecktem Zeigefinger nach dem verlegenen Polizisten. »Polizeischule, stimmt's?«

Der Dicke nickte ergeben – Krämer triumphierte. »Ich vergesse nichts. Früher nicht und jetzt auch nicht!« Er blickte unwillig auf seine Armbanduhr. »Früher war Pünktlichkeit eine Tugend. Heute meinen die Bonzen, wer später kommt, ist besonders wichtig!«

»Sie erwarten bestimmt eine Menge Gäste«, bemühte sich Dietmar um unverfängliche Konversation.

Krämer straffte sich. »Oh ja – Sie werden sich noch wundern!« Er klopfte dem Polizisten jovial auf die Schulter. »Bis dahin unterhalten wir uns eben!«

Oh nein, dachte Dietmar. Zu Hilfe! Kommt endlich! Er nickte hilflos zu den Greisen am Büfett hinüber, die sich schon ein Häppchen gönnten. »Sind das alte Kollegen?«

Krämer winkte ab, fast verächtlich. »Nachbarn. Zivilisten. Ich dachte, ich tu denen mal was Gutes. Die erleben ja sonst nix – senile Knacker!«

Die derart liebevoll Bedachten mümmelten zufrieden am Büfett vor sich hin. Trotzdem entging ihnen nichts von dem, was sich im Saal abspielte – oder auch nicht ...

»Der Dicke ist nur irgendein Polizist. Der ist nicht wichtig«, bemerkte eben einer der beiden und schob seine Gehhilfe von der Räucherlachs-Platte eine Station weiter zum Roastbeef. Sein Gefährte äugte scharf über einen Käsespieß zur Saaltür hinüber und fragte: »Wo bleibt die groß angekündigte Prominenz?«

Der Greis an der Gehhilfe warf sich geziert in die schmale Brust – so gut es eben ging. »Na, also – *wir* sind doch da!«

»Und das Essen ist auch gut!«

Schmunzelnd griffen sie synchron einmal mehr am Büfett zu.

Dirk Matthies lenkte den 14/2 schwungvoll in eine Parklücke am Innocentia-Park und musterte die noblen Stadtvillen an dieser grünen Oase zwischen Grindel und Eppendorf. »Feines Zuhause, muss ich schon sagen! Dann wollen wir mal.«

Tim und Dennis schwiegen trotzig, stiegen aber auch aus, als Dirk und Anna die Türen öffneten. Bevor sie das Haus des Erziehers ansteuerten, hielt der Polizist die Jungen kurz zurück. »Wenn dieser Sundermann euch nicht kennt, bin ich sauer – klar?«

Tim hielt Dirks bohrendem Blick stand. »Der kennt uns. Olaf ist in Ordnung.«

Sie gingen zur Haustür der Villa. Stille Nachbarschaft, registrierte Anna – gepflegt, teuer und zentral gelegen. Feines Zuhause, da hat Dirk Recht. Ihr Kollege drückte gerade den Klingelknopf, ein sonorer Gong ertönte – dann öffnete sich die Tür. Ein gepflegter, sympathisch lächelnder Mittdreißiger musterte die Beamten fragend.

»Guten Tag?« Dann entdeckte er die Jungen. »Tim! Dennis! Gibt es Probleme?«

»Kann man wohl sagen«, versetzte Dirk, und seine Kollegin setzte hinzu: »Dürfen wir hereinkommen, Herr Sundermann?«

Sundermann zögerte einen Moment lang erstaunt – dann öffnete er weit die Tür. »Bitte!«

Sie folgten ihm bis in ein geräumiges Wohnzimmer, wo zwei weitere Jungen vor dem Fernseher lümmelten. Dirk erkannte sie: Es waren die beiden Kinder, die zusammen mit Dennis ihrem Freund Tim zu spät zu Hilfe geeilt waren, als man ihm die Jacke abziehen wollte. Sundermann winkte nur einmal kurz, und die beiden Jungen stellten kommentarlos das TV-Gerät ab und trollten sich aus dem Zimmer. Dirk kam ohne Umschweife zur Sache. Sundermann hörte sich ruhig die Schilderung von Tim und Dennis' Missetat an. Dann bat er darum, die verstockt schweigenden Jungen allein sprechen zu dürfen. »Ich möchte sie in ihr Zimmer bringen. Wenn Sie so freundlich wären, einen Augenblick hier zu warten? Dann stehe ich Ihnen gern für weitere Fragen zur Verfügung.«

Er verließ mit den Jungen das Wohnzimmer, und während Dirk es sich in einem Sessel bequem machte, inspizierte Anna eine eindrucksvolle Schrankwand. Sie zog ein Buch aus dem Regal und las den Einband.

»Hört ihr die Kinder weinen – eine psychogenetische Geschichte der Kindheit. Der Mann scheint seinen Job sehr ernst zu nehmen!«

Dirk taxierte das üppige Wohnzimmer. »Der Job scheint ja auch genug abzuwerfen«, meinte er.

»Der Mann kriegt Preise, hält Vorträge vor betuchten Bürgern und sammelt sicher reichlich Spenden ein ...«

Aus einem Nebenraum trat jetzt Sundermann zu Anna. Lächelnd deutete er auf das Buch in ihrer Hand. »Ein Standardwerk, das den Nachweis liefert, dass Erwachsene auch in früheren Zeiten Kinder nicht besonders wichtig genommen haben!«

Anna lächelte zurück und stellte das Buch wieder ins Regal. »Bei Ihnen scheint das Gegenteil der Fall zu sein.«

Sundermann zuckte geschmeichelt mit den Achseln.

»Ich hasse es, junge Menschen als nutzlos anzusehen! Darum kämpfe ich gerade um die, bei denen die Eltern oder Betreuer nicht mehr weiterkommen.«

»*Wie* kämpfen Sie?«, wollte Anna wissen.

»Bei mir finden die Kids von der Straße eine Anlaufstelle für einen Rat, für eine Mahlzeit oder einfach nur für ein paar Stunden Ruhe!«

Dirk erhob sich aus seinem bequemen Sessel. »Wo sind Tim und Dennis, Herr Sundermann?«

»Ich habe sie in ihre Zimmer geschickt – bis morgen früh.«

Dirk grinste bitter. »Stubenarrest? Die hauen doch von überall ab, wenn sie wollen!«

Sundermann lächelte milde. »Wenn sie wollen, ja. Aber hier gibt es Regeln.«

»Welche Regeln?«, fragte Dirk.

Der Erzieher verschränkte die Arme hinter seinem Rücken und begann, vor der Bücherwand auf und ab zu wandern wie bei einem Vortrag. »Diese Straßenkids sind wie zornige, herrenlose Hunde. Wer hier auftaucht, ist schon überall abgehauen – da haben Sie ganz Recht! Und wie herrenlose Hunde brauchen sie erst mal eine ganz lange Leine und ein weites Halsband.«

»Wie ist das zu verstehen?«, hakte Anna nach.

Sundermann dozierte unbeirrt weiter. »Für die Jungs ist das hier das Paradies: Essen, Video, Kleidung, Wärme. Im Keller ist sogar ein Fitnessraum. Zunächst stelle ich keine Bedingungen an sie – die Burschen sind Disziplin nicht gewohnt. Dann verkürze ich allmählich die Leine und schnalle das Halsband enger!«

»Was bei Tim und Dennis anscheinend nicht ganz funktioniert hat«, gab Dirk zu bedenken.

»Für Tim und Dennis steht das Halsband jetzt auf dem letzten Loch!«, erwiderte Sundermann heftig. »Das wissen die beiden genau! Der nächste Verstoß bedeutet die rote Karte – diese angenehme Zuflucht hier ist ihnen dann ein für alle Mal genommen! Das riskieren die nicht, und deshalb bleiben die auch so lange in ihren Zimmern, wie ich es sage!« Er schlug entschlossen mit der flachen Hand auf das Regal, um seine Worte zu unterstreichen.

»Ein eindrucksvolles Konzept«, schaltete sich Anna wieder ein. »Trotzdem: Ist Ihnen gar nichts aufgefallen, woraus man schließen könnte, dass die beiden vielleicht schon seit geraumer Zeit regelmäßig alte Leute berauben?«

Der Erzieher schüttelte energisch den Kopf. »Ich habe eben mit den Jungen gesprochen, und sie haben sich mir anvertraut. Es war heute das erste Mal, dass sie so etwas gemacht haben – und sie haben es nur getan, weil man sie dazu *gezwungen* hat!«

Dirk und Anna wechselten einen überraschten Blick. »Gezwungen? Wer soll das denn gewesen sein?«

»Die beiden Rüpel, die Tim gestern seine neue Jacke abziehen wollten!«, antwortete Sundermann. »Herzlichen Dank übrigens, dass Sie diese Tat so entschlossen verhindern konnten! Diese Schläger haben Tim schon seit Tagen aufgelauert und ihn erpresst: Entweder er besorgt sich Geld und gibt es ihnen, oder man schlägt ihn zusammen! Wie er ganz leicht an das Geld kommen kann, haben sie ihm auch gleich gesagt ...«

»Und das glauben Sie?«, zweifelte Anna.

Sundermann nickte voller Überzeugung. »In dem Buch, das Sie eben in der Hand hatten, steht eine Volksweisheit aus dem 16. Jahrhundert: Ein Narr ist, wer der Ansicht eines Kindes zustimmt ...« Er bedachte Anna mit einem charmanten Lächeln. »Vielleicht bin ich ein Narr – aber ich glaube diesen Kindern! Jungen wie Tim und Dennis sind in der Regel eher Opfer als Täter.«

Dirk blieb skeptisch. »Warum haben die Jungs uns das nicht erzählt? Auf der Wache zum Beispiel? Da wäre ihnen doch einiger Ärger erspart geblieben.«

Sundermann hob die Achseln und breitete die Arme weit aus. »Sie haben kein Selbstvertrauen und grundsätzlich kein Vertrauen zur Polizei – die glaubt ihnen ja doch nicht!«

»Da ist was dran!«, versetzte Dirk trocken.

»... das war am 16. Februar 1962, am Tag der großen Flut! Um 14.05 Uhr kam der Befehl an die Polizeigruppen West und Süd: Einsatzstäbe bilden, Geschwindigkeitskontrollen abbrechen, auf *Geschäftszimmerpersonal* zurückgreifen!« Heinz Krämer ließ weltvergessen die dramatischen Stunden seiner größten Heldentat Revue passieren, zeichnete wirre Planskizzen von Krisenpunkten und Katastrophenplänen auf Papierservietten, während Dietmar Steiner verstohlen seinen Krawattenknoten lockerte. Er kam fast um vor Hitze. Das lag allerdings nicht an einem überfüllten Saal – außer ihm und den beiden Greisen am Büfett war kein weiterer Gast erschienen, und Dietmar war sicher, dass auch niemand mehr kommen würde. Er war dem Alten rettungslos ausgeliefert! Zum Glück schien Krämer überhaupt nicht zu bemerken, was sich um ihn herum abspielte – oder vielmehr nicht abspielte ...

»Auf Geschäftszimmerpersonal zurückgreifen! Können Sie sich vorstellen, was das bedeutet?!«

»Da wurde sicher jeder Mann gebraucht, allerhand!«, staunte Dietmar lahm. Wie kam er bloß raus aus dieser Nummer?

»Um 0.10 Uhr waren wir mit Blaulicht, Sirene und Lautsprecher drüben in Wilhelmsburg unterwegs, um die Leute zu warnen!«, schwadronierte der Alte weiter. »Überall geklingelt und geklopft – ein paar Mal sogar Scheiben eingeschlagen ...« Er versank völlig in der Erinnerung. »Zwanzig Minuten später hatten wir schon über fünfzig Deichbrüche ...«

Die beiden Greise am Büfett horchten herüber, unverdrossen weitermümmelnd. »Ich breche auch gleich!«, kommentierte der Alte mit der Gehhilfe.

»Wir hatten ja auch reichlich«, gab sein Freund zu bedenken. »Dabei haben wir den Mund nicht halb so voll genommen wie Heinz Krämer, der große Polizeiheld!« Beide kauten kichernd weiter.

Dietmar sah verstohlen zur Eingangstür – das war's, dachte er. Aber wenn ich jetzt gehe, platzt die Seifenblase für den Alten endgültig! Andererseits gab es keinen Ausweg. Irgendwann musste er hier weg, und spätestens dann wären alle Illusionen vom großen Fest sowieso im Eimer! Und überhaupt: So weit käme es noch, dass er für einen Stinkstiefel wie Heinz Krämer Mitleid empfände! Der Mann bekam nur, was er verdiente! Dietmar warf einen Blick auf die Armbanduhr, und diesmal entging Krämer diese Geste nicht.

»Sehen Sie nur genau hin!«, brauste der Alte auf. »Eine Stunde, da kommt keiner mehr!«

Dietmar versuchte abzuwiegeln. »Vielleicht ja doch noch ...«

In diesem Moment gesellten sich die beiden satt schmunzelnden Greise zu ihnen. Der Alte mit der Gehhilfe verbeugte sich großartig. »Danke für die Einladung, Krämer! Wir müssen jetzt. In unserem Alter nehmen einen solche rauschenden Feste ganz schön mit! Einfach zu viel Trubel. Alsdann ...«

Sein Gefährte wandte sich, betont neugierig, an Dietmar. »Sie sind sicher der Polizeipräsident!«

»Ist er nicht. Tschüs!«, fauchte Krämer.

»Hätte ja sein können!«, schmunzelte sein greiser Nachbar. Vergnügt strebte das betagte Duo dem Ausgang zu und verschwand. Einen kurzen Moment lang blitzte in den Augen Krämers pure Verzweiflung auf. »Das hab ich nicht verdient ...«

»Vielleicht ist was mit den Einladungen schief gegangen« versuchte Dietmar behutsam zu trösten, aber der alte Polizist drehte sofort wieder voll auf Aggression.

»Hauen Sie ab!«, unterbrach er ihn barsch. »Das wollen Sie doch schon die ganze Zeit – glauben Sie, ich bin so verkalkt und merke das nicht?«

Ertappt verstummte Dietmar und wurde prompt weiter angegiftet.

»Na los! Gehen Sie!«

Im Wachraum des 14. Reviers herrschte Hochbetrieb. Zwei kleine Mädchen hatten eine Brieftasche gefunden, eine Rentnerin vermisste ihre Katze, und eine stämmige Hausfrau beschwerte sich lautstark über den unerträglichen Lärm in ihrer Nachbarschaft. Im Vorraum warteten weitere Leute darauf, Anzeigen zu erstatten, Meldungen zu machen oder Beschwerden vorzutragen. Lothar Krüger hatte sich hinter einem Aktenstapel verschanzt. Irgendwann musste man ja mal Luft holen ...

Dirk und Anna drängten sich durch die Sperre, die den Arbeitsbereich vom Publikum trennte, und klopften grüßend auf Lothars Schreibtischplatte. »Na, du Held der Arbeit?«, grinste Dirk. »Ist Dietmar immer noch weg?«

Lothar nickte verdrossen. »Muss die Party des Jahres sein!«

»Na ja, solange der Chef nichts merkt«, grinste Anna – und wie aufs Stichwort tauchte Rolf Bogner plötzlich neben ihnen auf und fragte: »Dietmar ist noch nicht zurück?«

Anna und Dirk verzogen sich an ihren Schreibtisch, Lothar wand sich etwas verlegen. »Nee – soviel ich weiß, noch nicht«, meinte er.

Bogner schien sich keineswegs darüber aufzuregen. »Dann ist er wohl direkt vom Empfang nach Hause gegangen. Wahrscheinlich war's anstrengend«, sagte er und ging wieder.

Lothar schüttelte fassungslos den Kopf. »Anstrengend?«, maulte er unterdrückt. »Ich arbeite hier für ihn mit – das ist anstrengend!«

Am Schreibtisch hinter ihm hielten Anna und Dirk Kriegsrat.

»Ich finde diesen Sundermann irgendwie beeindruckend«, meinte Anna. »Aber trotzdem: Die Jungs halten ihn zum Narren!«

»Ein Narr ist der Mann nicht, schätze ich«, überlegte Dirk.

»Jedenfalls stinkt die Geschichte mit der Erpressung!«

Dirk nickte. »Irgendjemand verarscht uns. Aber das lässt sich ja klären – und ich weiß auch schon, wie!«

Ohne etwas zu tippen, saß Henning Schulz im Zivilfahnderbüro am PC und starrte auf den Monitor, auf dem der Bildschirmschoner wieder die bunten Herzchen Reigen tanzen ließ. »Lonely Hearts Club« ... Eigentlich war die Vorstellung absurd, Hariklia Möller würde eine Anzeige aufgeben, um einen Mann kennen zu lernen! Henning hatte schon oft genug erlebt, wie seine Kollegin auf Männer wirkte – wie ein Magnet auf Eisenspäne. Wahrscheinlich war das alles ein Irrtum ... Nachdenklich spähte er zu Harry hinüber, die gerade ein Telefonat beendete, sich rasch ein paar Notizen machte und ihren Kollegen beiläufig informierte.

»Also, die Versicherungsgesellschaft stuft die Sache nur

als Bagatellschaden ein.« Sie sah auf und registrierte Hennings forschenden Blick. »Ist was?«

Henning schreckte ertappt auf. »Nein, nein ...«

Harry legte irritiert den Stift beiseite. »Du bist heute irgendwie komisch, weißt du.«

Jetzt oder nie, dachte Henning. Er atmete tief durch und gab sich einen Ruck. »Mal ehrlich, Harry, wenn du den Mann deiner Träume finden wolltest, wie würdest du ihn suchen?«

Sie sah ihn nur aus großen Augen an – erst verblüfft, dann amüsiert. »*Darüber* denkst du nach? Na gut, vielleicht sollte ich es so machen wie meine Cousine Eleni ...«

»Die Cousine, die gestern geheiratet hat? Wie hat sie denn ihren Mann kennen gelernt?«

Harry schürzte die Lippen. »Sie hat eine Anzeige aufgegeben – so einfach war das!«, sagte sie.

Henning verstand die Welt nicht mehr. »So was findest du gut?«

»Warum nicht?«, entgegnete Harry. »Da kann man in aller Ruhe eine Vorauswahl treffen und die Nieten aussortieren!«

Er sah seine fröhliche Kollegin gequält an. »Hast du es etwa schon so gemacht?«

Harry schmunzelte vergnügt. »Also, wenn, dann würde ich es dir bestimmt nicht erzählen! So, wie du jetzt schon guckst!«

Er musterte sie einen Augenblick lang forschend und wandte sich dann ab. »Dann eben nicht.« Er hackte verbissen auf die Tastatur ein.

Harry stutzte verwundert. Der war ja empfindlich heute! Der klingt irgendwie eifersüchtig – aber auf wen? Normalerweise kannte sie Henning als einen lieben Kerl, immer für einen Scherz zu haben. Sie beide waren ein gutes Team als Zivilfahnder. Eigentlich verband sie sogar viel mehr als nur der Job. Vielleicht liegt es daran, dass wir auch im Dienst immer in normalen Klamotten unterwegs sind, überlegte Harry. Uniformen sind geschlechtsneutral, da kommt man nicht so leicht auf dumme Gedanken! Natürlich wusste sie längst, dass Henning in sie verliebt war. Aber wie sehr, das war ihr nicht wirklich klar. Und bei all der sprühenden Lebensfreude, die Harry ausstrahlte: In Sachen Liebe war sie durchaus zurückhaltend – vielleicht ein Erbe ihrer griechischen Vorfahren, möglicherweise auch aus Angst vor dem großen Reinfall. Sie warf noch einen forschenden Blick auf Henning, der weiter stur tippend den Monitor fixierte – dann griff sie zum Stift und nahm achselzuckend ihre Arbeit wieder auf.

Im Wachraum ebbte derweil die Besucherflut ab. Lothar Krüger informierte einen besorgten Bürger über probate Maßnahmen des Einbruchschutzes. Im Arbeitsbereich diskutierten Anna und Dirk noch immer ihr weiteres Vorgehen im Klingelgangster-Fall.

»Welchen der beiden Jacken-Abzieher kennst du, Dirk – den mit dem Ziegenbart oder den Tätowierten?«, wollte Anna wissen.

»Den Ziegenbart! Malte, so heißt der Typ. Hängt im Dunstkreis der Fußball-Hooligan-Szene rum. Da ist er mir schon über den Weg gelaufen.«

Anna überlegte. »Wenn wir den Kerl ausfindig machen würden, könnten wir leicht überprüfen, ob Tim und Dennis ihre Story von der Erpressung nur erfunden haben ...«

»... und falls die Jungs gelogen haben, ist es sehr wahrscheinlich, dass ein guter Teil unserer Klingelgangster-Fälle auf ihr Konto geht!«, ergänzte Dirk. »Das würde uns schon weiterhelfen!«

»Hast du eine Idee, wo wir diesen Malte und seinen Kumpel aufgabeln könnten?«

Er nickte nachdenklich. »Ich wüsste so ein, zwei Kneipen, die vielleicht in Frage kämen. Versuchen wir es noch heute Abend?«

Anna druckste verlegen. »Also, eigentlich wollte ich heute pünktlich Schluss machen ...«

Dirk zwinkerte verschmitzt. »Ach ja, die große Squash-Entscheidungsschlacht: Tarzan Jörg gegen Jane Anna! Was ist eigentlich der Preis für den Gewinner?«

Sie zuckte gespielt kokett mit den Achseln. »Vielleicht gewinnen wir ja beide dabei!«

Nachtigall, ich hör dir trapsen, dachte Dirk. »Die paar Kneipen kann ich nachher auch allein abchecken, Anna. Ich bin nämlich erst später verabredet als du.«

Oh-oh, merkte seine Kollegin innerlich auf. Bahnt sich da was an? »Die schöne Ex-Nachbarin?«, fragte sie.

»Irgendjemand schleicht vor ihrer Wohnung herum«, sagte Dirk.

»Ein Spanner?«

»Eher nicht.« Dirk öffnete eine Schreibtischschublade und zog den Zettel mit dem Zeitungsschnipsel-Buchstabentext heraus. »Spanner schreiben kaum solche wirren Briefe!«

Anna nahm das Papier entgegen und las den Text laut vor: »Was man nicht zu verlieren fürchtet, hat man zu besitzen nie geglaubt, und nie gewünscht ...«

»Recht wohl! Recht wohl! Das ändert, das ändert alles!« Anna und Dirk blickten verdutzt auf Rolf Bogner, der, selig lächelnd, neben ihrem Schreibtisch aufgetaucht war und mit großer Geste weiterdeklamierte: »Saladin, wir kamen auf dein Geheiß! Allein, ich hatte dich verleitet ...«

»Darf ich auch einen Schluck aus der Pulle?«, erkundigte sich Dirk.

Bogner schnaubte beleidigt und wies auf die geheimnisvolle Botschaft, die Anna noch immer in der Hand hielt. »Das ist Nathan der Weise!«

Dirk warf Anna einen verständnislosen Blick zu. »Klingt eher nach Nathan dem Irren! Haben wir den in der Kartei?«

»Das ist ein Theaterstück«, erklärte Anna. »Von Lessing!«

»Fünfter Aufzug, letzter Auftritt!«, bestätigte Bogner stolz. »Der Tempelherr spricht! Meine Ilse und ich waren erst letztes Wochenende im Schauspielhaus. Tolle Inszenierung übrigens!«

Schon zog er ab, und Dirk nahm den Brief kopfschüttelnd wieder an sich. »Na gut, dann eben Lessing! Aber schlauer bin ich jetzt auch nicht.«

»Kommt Zeit, kommt Rat«, meinte Anna.

»Lessing?«

»Verlegenheitsspruch.«

Im »Dart-Corner« herrschte Nebel wie auf der Themse im November. Durch die Tabakschwaden hindurch visierte Malte mit zusammengekniffenem Auge die Zielscheibe an und warf den Pfeil – das Geschoss schlug am äußersten Rand der Zielscheibe ein, löste sich und fiel zu Boden. »Mist!«, fluchte er, während sein tätowierter Kumpel schadenfroh kicherte und ihm den nächsten Pfeil reichte.

»Hier, Alter – hast noch einen!«

Malte bedachte ihn mit einem grimmigen Blick und hob abwurfbereit den Arm – da schwirrte von hinten plötzlich ein fremder Dartpfeil haarscharf an seinem Ohr vorbei und blieb zitternd inmitten der Zwölf stecken!

»Treffer. Versenkt.«

Erschrocken drehte sich Malte herum: Hinter ihm

stand Dirk Matthies, breitbeinig und grinsend. »Unverkennbar Malte. Und du wirst Kutte genannt, stimmt's?« Der Polizist bedachte den Tätowierten mit einem scharfen Blick. »Hab ich doch gestern richtig gesehen, dass ihr das wart mit der Lederjacke und dem Jungen!«

»Was für 'ne Lederjacke?«, markierte Malte den Ahnungslosen.

Dirk tippte ihm spielerisch auf die Brust. »Falsch! Die wichtigere Frage wäre gewesen: Was für ein Junge? Aber *den* kennt ihr ja schon.«

Die Jugendlichen wechselten einen ratlosen Blick, und Kutte erkundigte sich verwirrt: »Wieso? Wir kennen den?«

»Er kennt euch jedenfalls«, erklärte Dirk geduldig. »Ihr seid nämlich die Kerle, die ihn seit Wochen zu Überfällen auf Rentner zwingen und hinterher die Beute kassieren!«

Jetzt kapierten die beiden Schläger offensichtlich überhaupt nichts mehr. »Ist nicht wahr!«, raffte sich Malte zur Widerrede auf. »Der spinnt doch, der Spacken!«

Dirk hob bedauernd die Hände. »Tja, Leute: mehrfacher schwerer Raub, Erpressung, Körperverletzung – da kommt was auf euch zu.«

Maltes Augen flackerten unruhig. »So was machen wir nicht! Herr Matthies! Das mit der Jacke war nur ein Witz ...«

»Haha«, kommentierte Dirk diese flaue Erklärung ungerührt.

Beide Jugendlichen redeten jetzt beschwörend auf ihn ein.

»Na gut, die Jacke wollten wir schon – aber den Jungen kennen wir überhaupt nicht!«

»Den haben wir gestern zum ersten Mal gesehen! Ehrlich!«

Dirk fixierte die beiden scharf. Ihre Verzweiflung schien echt zu sein. Typen wie Malte und Kutte hatten ansonsten kaum Probleme damit, Schandtaten zu gestehen – sofern sie sie selbst verbockt hatten. Endlich traf er seine Entscheidung. »Ich gebe euch eine Chance. Aber nur, wenn ihr spurt!«

Beide nickten heftig – sichtlich erleichtert.

In der abendlichen Dunkelheit streifte die Reeperbahn das Aschenputtelgrau des Tages ab und schminkte sich mit fetziger Musik und grellem Neonlicht, bereit für die begehrlichen Blicke der Vergnügungssuchenden. Die Stunde der Verheißung, dachte Dirk, als er den Heckflossen-Oldtimer durch den Verkehrsstrom lenkte. Die Magie der Meile. Er spürte sie immer noch, nach all den Jahren – obwohl er oft genug die dunklen Seiten dieser Neonbraut erleben musste. Wenn der letzte Schein verprasst, das letzte Lachen verklungen und das letzte Spiel gespielt war. Wenn von jauchzender Lebensfreude nur Heulen und Zähneklappern blieb und der letzte Vorhang fiel. Und doch, das war sein Revier, und er liebte es, wie man lieben muss – bedingungslos.

Vivian Thalbach teilte diese Liebe nicht, daraus hatte sie keinen Hehl gemacht. Ihre Welt sah anders aus, und Dirk machte sich keine großen Illusionen darüber, wie sich diese unterschiedlichen Umlaufbahnen auf Dauer vereinen lassen würden. Trotzdem registrierte er seine erhöhte Pulsfrequenz, als er über den Baumwall Kurs auf die Speicherstadt nahm. Dort, in einem der neuen Chrom-und-Glas-Paläste auf der Kehrwiederspitze, hatte die Innenarchitektin ihr Domizil.

Dirk betrat einen elegant ausgestatteten Empfangsraum, der eindeutig Vivians Handschrift trug: perfekt abgestimmte edle Hölzer, Stoffe und Möbel.

»Guten Abend! Die Chefin wartet schon.« Eine streng frisierte Sekretärin in dezentem Business-Look zwinkerte ihm vertraulich zu.

Automatisch zwinkerte Dirk zurück. »Dann müssen Sie mir ja nur noch verraten, wo ich Frau Thalbach finde!«

Die Frau wies lächelnd auf eine Tür. »Bitte.«

»Dirk! Hallo!« Diesmal war von Verlegenheit zwischen ihnen keine Spur. Sie küssten sich innig, dann löste sich Vivian von ihm.

»Ich muss nur noch ein paar Sachen weglegen!« Sie kramte auf ihrem Schreibtisch herum. An der Wand dahinter hing tatsächlich ein Druck von Liebermanns »Lindenterrasse bei Jacob«, registrierte Dirk und trat ans Fenster. Das Panorama war überwältigend: Der Yachthafen mit dem kleinen Wasserflugzeug, die erleuchtete Takelage des Großseglers »Rickmer Rickmers«, die Schiffe auf dem Strom und die trutzigen Landungsbrücken.

»Nicht schlecht! Deine Firma läuft sicher glänzend?«

Sie zögerte nur kurz mit der Antwort. »Ich kann nicht klagen. Und diese Lage hier ist Teil meines Business. Mehr Schein als Sein – das könnte gut ein Berufsmotto für Innenarchitekten sein ...«

Sie lachten beide, dann erkundigte sich Dirk: »Wo ist Alexandra? Ich dachte, sie arbeitet hier?«

»Sie ist schon früher weg! Ins Theater! Wie hieß doch gleich das Stück?« Sie überlegte kurz, gab es dann auf und kramte weiter. »Sie ist andauernd bei irgendwelchen Aufführungen. Alexandra hat den totalen Theaterfimmel – seit Jahren schon!«

Dirk schmunzelte. »Mein Chef war auch letzte Woche im Theater. Das war ganz nützlich. Dieser Brief mit dem wirren Spruch aus Zeitungsschnipseln – du erinnerst dich?«

»Wie sollte ich den vergessen«, schnaubte Vivian.

»Der Spruch ist ein Zitat aus einem Theaterstück von Lessing. Nathan der Weise!«

Vivian stutzte verblüfft. »Aha? Das beweist dann wohl nur, dass klassische Bildung nicht vor Irrsinn schützt.«

Dirk lachte, dann wurde er ernst. »Mehr sehe ich allerdings auch nicht darin! Hat sich der Große Unbekannte heute gezeigt?«, wollte er wissen.

»Nichts. Still ruht der See.« Sie raffte ihre Handtasche. »Vielleicht war's das jetzt endlich.«

»Aber wir bleiben zusammen? Heute Abend, meine ich?«

Vivian hakte sich liebevoll bei ihm unter. »Hast du mal überlegt, dass dieses Phantom uns einen großen Gefallen getan hat? Ich meine, wann wären wir uns sonst je wieder begegnet? Ich hatte dich völlig verloren, all die Jahre nie etwas von dir gehört ...«

Statt einer Antwort küsste er sie zärtlich. Erst nach einer Weile fragte er: »Und wohin gehen wir heute?«

»Ich koche etwas für uns, und dann setzen wir uns vor den Kamin. Wir gehen nach Hause, Dirk. Einfach nur nach Hause.«

Er drückte sie sanft. »Das hört sich richtig gut an, Vivian ...«

Lothar Krüger zog die Haustür hinter sich zu und stellte seine Aktentasche vor der Garderobe ab. Endlich zu Hause! Was für ein mieser Tag war das gewesen. Jede Menge unerfreulicher Kleinkram, und das meiste davon hatte man auf seinen Tisch geschoben. Und Dietmar war bis zum Schichtende nicht zurückgekommen. Typisch eigentlich: Erst das Gezeter, er wolle nicht zu diesem Fest – und dann amüsierte er sich wahrscheinlich bis Mitternacht. Er schälte sich aus dem Mantel und stutzte plötzlich. In der Küche brannte Licht ...

Dietmar holte gerade Aufschnitt aus dem Kühlschrank und stellte die Platte auf den Tisch, als Lothar hereinkam und sich in gespieltem Erstaunen erkundigte: »Ach, der Partylöwe ist schon zurück? Ich dachte, jetzt geht die Sause erst richtig los!«

Dietmar schnitt sich eine Scheibe Brot ab, völlig gedankenverloren. »Lothar ...« Er strich Butter auf die Schnitte und belegte sie großzügig mit Salami – sein Freund beobachtete ihn dabei kopfschüttelnd.

»War das Büfett so schlecht, oder kannst du einfach nicht mehr aufhören mit essen?«, erkundigte sich Lothar.

Dietmar biss herzhaft in die Stulle und kaute genüsslich. Erst dann setzte er zu einer Antwort an. »Keinen Bissen hab ich gehabt seit heute Morgen!«

Lothar nahm ihm gegenüber am Küchentisch Platz und musterte ihn forschend. Keinen Bissen? Das war nicht normal. Dietmar gehörte zu denen, die auf Krisen eher mit der doppelten Futtermenge reagierten.

»Was war los?«

»Nichts war los. Buchstäblich *nichts*!«, berichtete Dietmar.

»Keine Feier?«, fragte Lothar verdutzt.

»Keine Gäste! Stell dir mal vor: großer Saal, dickes Büfett – und dann nur Krämer und ich, stundenlang!«

Lothar vollzog das mitleidig nach und blies entsetzt die Wangen auf. »Au weia! Gab's keine Möglichkeit, schnell zu gehen?«

»Ich konnte einfach nicht so weggehen! Er tat mir Leid! Am Ende hat er mich förmlich rausgeschmissen.«

»Was?« Lothar regte sich auf. »Der Kerl hat überall so verschissen, dass man ihn nicht mal zu seinem Neunzigsten besuchen will – und dann setzt er dich vor die Tür?

Das muss ja der Kotzbrocken des Jahrhunderts sein! Bin ich froh, dass ich den nicht kennen lernen muss!«

»Da freust du dich zu früh«, versetzte Dietmar trocken.

Lothar merkte auf. »Was soll das heißen?«

»Ich habe Krämer eingeladen. In die Wache. Morgen zum zweiten Frühstück.«

»Was hast du?«, entfuhr es Lothar entsetzt.

Dietmar zuckte entschuldigend die Achseln. »Er tut mir Leid! Stell dir vor, du wirst neunzig und keiner kommt – nicht mal die alten Kollegen!«

»Bei mir kommen alle – *mich* mag jeder!«, bockte Lothar trotzig.

Dietmar klopfte ihm beruhigend auf die Schulter. »Und damit das so bleibt, besorgst du morgen die Brötchen.«

Er biss wieder entschlossen in seine Stulle, während Lothar ergeben die Augen schloss und tief seufzte.

Weit weg, wie aus einem anderen Raum, hörte er sie seinen Namen rufen: »Dirk ... Dirk ...!« Ganz sanft und trotzdem eindringlich drang die Stimme in sein Bewusstsein. Ellen. Dirk lächelte im Schlaf. Natürlich war sie mal wieder zuerst aufgestanden, die liebe Ellen ...

»Dirk, wach auf, Dirk!« Er spürte sie wie einen Hauch – schlug plötzlich die Augen auf und starrte verwirrt in die Dunkelheit. Neben ihm im Bett lag Vivian, tief schlummernd, das Gesicht halb unter einen Deckenzipfel verborgen. Dirk blickte zum grünlich schimmernden Display des Radioweckers. Fast halb vier. Tiefste Nacht. Und Ellen ist schon so lange tot ... Du tickst nicht richtig, Matthies. Oder hier tickt etwas nicht richtig ...

Dirk setzte sich auf und lauschte. Es war nichts zu hören, aber trotzdem: Er war jetzt hellwach, und sein Polizeiinstinkt nahm die Witterung auf. Langsam schob er sich aus dem Bett, öffnete leise die Schlafzimmertür, schlich in den Flur hinaus und knipste das Licht an. Da schlug irgendwo eine Tür zu – die Terrassentür! Ohne zu zögern, stürzte er los ins Wohnzimmer, wo sich die Gardine vor der offen pendelnden Terrassentür im Wind blähte. Schon hetzte Dirk hinaus, aber weder auf der Terrasse noch im weitläufigen Garten war jemand zu entdecken – das Phantom war einmal mehr entwischt!

»Verdammt!«, fluchte Dirk, kehrte ins Wohnzimmer zurück und fuhr zusammen: Wo vorhin noch die »Königin der Schönheit« gehangen hatte, war jetzt nur noch die weiße Wand! Sofort forschte sein Blick weiter und stutzte erneut – im Kamin schwelte rote Glut. Ihr Feuer vom Abend müsste längst erloschen sein! Mit schnellen Schritten stand Dirk vor dem Kamin und riss die gläsernen Schutztüren auf. Einzelne Funken stoben, und aus grauer Asche ragten die verkohlten Holzstücke eines Rahmens, den er sofort erkannte.

»Das Bild!«

Er griff sich rasch einen Schürhaken und klaubte Glut, Asche und Holz auf die Steinfliesen vor den Kamin, um möglichst viel von den Resten des zerstörten Gemäldes zu retten.

»Dirk! Was machst du da?« Vivian starrte fragend auf die sonderbare Szene und registrierte jetzt erst fröstelnd die offene Terrassentür. »Und warum ist die Tür offen?«

Er stand auf und trat zu ihr. »Vivian ...«

Da entdeckte sie die leere Stelle an der Wand und erstarrte. »Der Gauguin!«

Dirk nickte betreten und wies auf das traurige Häuflein Asche. »Er hat ihn verbrannt.«

Sie schlug die Hände vor ihr Gesicht und ließ sich fassungslos in einen Sessel sinken. Dirk untersuchte schon die Terrassentür. »Ich sehe hier keine Einbruchsspuren«, sagte er. Auch die Fenster schienen unversehrt zu sein. Blieben nur noch ein Küchenfenster, das Bad und die Wohnungstür ... »Ich bin gleich wieder da, Vivian!«

Eine Minute später war er zurück. »Nirgendwo Spuren von Werkzeugen oder Gewalt! Die Tür ist noch abgeschlossen! Was ist mit der Alarmanlage? Du hast sie eingeschaltet, bevor wir ins Bett gegangen sind – das habe ich gesehen!«

Vivian sprang auf und öffnete hastig das Schränkchen mit dem verborgenen Display. »Sie ist abgeschaltet!« Sie schüttelte verzweifelt den Kopf. »Und jetzt?«

Dirk nagte nachdenklich auf seiner Unterlippe. »Hat noch jemand einen Wohnungsschlüssel, Vivian?«

»Nur ich.«

»Was ist mit deiner Schwester? Hat Alexandra einen Schlüssel zu deiner Wohnung?«

Sie sah ihn erschrocken an. »Glaubst du, man hat ihr den Schlüssel weggenommen?«

Dirk angelte kurzentschlossen ein schnurloses Telefon vom Sofatisch. »Alexandras Nummer?«

»Die erste im Telefonbuch«, antwortete Vivian.

Er tippte hastig eine Nummer und lauschte. Angespannt wechselten sie einen langen Blick. »Wahrscheinlich geht sie sowieso nicht ran«, meinte Vivian. »Alexandra schläft wie ein Stein. Die braucht morgens drei Wecker, um aus dem Bett zu kommen!«

»Anrufbeantworter. Wir versuchen es später noch mal!« Dirk gab auf und ließ die Hand mit dem Telefon sinken.

Vivian starrte zu dem Häuflein Asche hinab, noch immer fassungslos. »Oh Gott, es ist furchtbar!«

Dirk legte ihr tröstend den Arm um die Schulter. »Du hast gesagt, es sei wertvoll – wie wertvoll war es denn?«

Vivian unterdrückte nur mühsam ein Schluchzen. »Geschätzt 700.000 Euro ...«

Er pfiff leise durch die Zähne und hob erneut das Telefon. »Ich rufe jetzt die Jungs von der Kripo. Für Freizeitermittlungen ist das ein zu dickes Kaliber!«

Eine Viertelstunde später war das elegante Apartment offiziell zum Tatort mutiert. Ein Spurensicherer mit Handschuhen, Pinzette und feinem Pinsel beschäftigte sich mit dem Aschenrest vor dem Kamin. Ein anderer Ermittler inspizierte akribisch die Fensterriegel, während ein dritter gerade auf die Terrasse hinaustrat, um den Fluchtweg des Täters abzusuchen. Der Einsatzleiter befragte eben Vivian nach allen Einzelheiten. Dirk hatte schon öfter mit Kriminalkommissar Marquard zu tun gehabt. Er war ein guter Mann und vor allem fair. Und deshalb vermied Marquard alle hämischen Anspielungen, die sich kleingeistigere Naturen angesichts des besonderen Sachverhaltes wohl kaum verkniffen hätten: Ein wertvolles Gemälde wird zerstört, während ein Polizist nebenan bei der Besitzerin des Kunstwerks im Bett liegt ...

»Und?«, fragte der Kommissar eben. »Haben Sie Ihre Schwester mittlerweile erreicht?«

Vivian nickte. »Sie ist endlich doch noch ans Telefon gegangen! Aber meinen Haustürschlüssel hat sie noch – niemand hat ihr den geklaut oder so.«

»Die Riegel sind alle in Ordnung!«, rief der Mann am Fenster seinem Chef zu.

»Die hab ich auch schon alle gecheckt. Da ist nichts!«, meinte Dirk.

»Gut, Henningsen, dann gehen Sie jetzt und helfen dem Kollegen draußen bei der Spurensuche!« Marquard rieb sich ratlos die Stirn. »Dass jemand ein kostbares Bild klaut, hab ich ja schon erlebt. Aber verbrennen – wer hat etwas davon?«

»Irre gibt es immer«, warf Vivian ein. »Denken Sie an das Säure-Attentat auf Rembrandts berühmte ›Nachtwache‹! Und das ist inmitten eines gut gesicherten Museums passiert!«

Marquard nickte und trat zu dem Mann vor den Kamin. Es klingelte an der Tür, dann eilte Alexandra herein und fiel ihrer Schwester aufgelöst in die Arme. »Vivian! Das ist so schrecklich!«

»Alexandra!« Vivian strich ihr beruhigend über die Wange. »Puuh, bist du nass!«

Dirk musterte die große Frau mit den dunklen Locken aufmerksam. Sie trug wieder ihren Joggingdress, Schweißperlen liefen über ihr Gesicht. Jetzt lachte sie verzweifelt. »Ich bin sofort hergerannt – ich glaube, diesmal habe ich alle Rekorde gebrochen!« Sie keuchte, völlig außer Atem.

»Du hättest nicht extra kommen müssen, Kleine!«, besänftigte Vivian sie. »Hier kann man nichts mehr tun, außer Asche zusammenfegen.«

»Ausgerechnet der Gauguin!«, stöhnte Alexandra verzweifelt. »Er hat dir so viel bedeutet!«

»Wie bist du überhaupt an das Bild gekommen, Vivian?«, schaltete Dirk sich jetzt ein. »Ich meine, 700.000 Euro ...«

»Es war eine Art Abfindung.«

»Für was?«

»Ich hatte einen Klienten in Dubai. Ein sehr wohlhabender Mann, selbst für dortige Verhältnisse.« Sie zögerte etwas und wich Dirks forschendem Blick aus. »Er wurde bald mehr für mich als nur ein Klient. Aber dann war es vorbei, und wir trennten uns in aller Freundschaft.«

»Ein wahrhaft königliches Abschiedsgeschenk«, meinte Dirk.

»Vielleicht ist Abdullah eifersüchtig!«, warf Alexandra eifrig ein. »Jetzt, wo du mit Dirk ...«

Dirk grinste. »Dann müsste euer Scheich hellsehen können! Schließlich ist der Große Unbekannte schon bei euch aufgekreuzt, bevor ihr mit dem wirren Brief zu mir aufs Revier gekommen seid!«

Eine halbe Stunde später waren Kommissar Marquard und seine Leute fertig. »Wir sind erst mal durch. Melden Sie sich bitte im Laufe des Nachmittags bei uns, Frau Thalbach. Dann erledigen wir den Routinekram – Protokoll und so weiter.« Er nickte Dirk zum Abschied kurz zu. »Matthies ...« Damit ging er.

Draußen wich die Nacht bereits bleigrauer Dämmerung. Dirk sah den hübschen Schwestern in die blassen, übernächtigten Gesichter. Er selbst sah garantiert auch nicht besser aus. Und in zwei Stunden begann die Schicht. »Soll heute jemand bei dir bleiben, Vivian?«, fragte er.

Sie raffte sich zusammen und hob energisch das Kinn. »Nein, Dirk, danke! Am besten, ihr geht jetzt beide. Wer immer das getan hat – das hier dürfte als Wahnsinnstat des Tages wohl gereicht haben! Ich räume auf, dann fahre ich ins Büro. Die Verhandlungen mit der Versicherung werden mich heute noch genug Zeit kosten.«

»Gut«, nickte Dirk. »Ich muss vor dem Dienst sowieso noch in meine Wohnung. Alexandra, ich kann dich mitnehmen – dann brauchst du nicht wieder Rekorde zu brechen ...«

Alexandra Thalbach saß still auf dem Beifahrersitz von Dirks Oldtimer. Der Polizist beobachtete sie heimlich aus den Augenwinkeln. Ohne ihre große Schwester neben sich wirkte Alexandra reichlich verkrampft.

»Da fehlt der Außenspiegel!«, bemerkte sie jetzt.

»Gewohnheitssache«, behauptete Dirk. »Wie war's gestern Abend im Theater?«

Sie lockerte sich etwas. »Wunderbar! Den ›Faust‹ kann ich fast auswendig! Ich liebe so gut wie alle Klassiker.«

»Auch Lessing?« Dirk streifte Alexandra mit raschem Seitenblick – sie verfiel sofort wieder in steife Hab-Acht-Stellung. Aber das schien ihrem normalen Wesen zu entsprechen.

»Eigentlich wirklich fast alle«, wich sie aus.

»Mein Chef war letztes Wochenende im Schauspielhaus«, plauderte Dirk, scheinbar ganz unverfänglich. »Ich glaube, da gab's was von Lessing.«

»Möglich«, murmelte sie leise.

»Ist es eigentlich schwer, für die große Schwester zu arbeiten?«, erkundigte sich Dirk.

Alexandra seufzte genervt. »Ich bin müde, Dirk – können wir einfach mal gar nichts mehr sagen?«

»Okay.« Er fuhr eine Weile schweigend durch den frühen Berufsverkehr und legte nach einer kurzen Pause nach: »Wir haben dich ja vorhin auch aus deiner Tiefschlafphase gerissen, was?«

Ihre Augen flackerten einen Moment lang irritiert. »Was? Ja, allerdings. Das habt ihr.« Sie beugte sich vor und wies auf ein modernes Apartmenthaus. »Hier bitte halten. Da vorne!«

Dirk brachte den Wagen zum Stehen. »Ich bring dich rauf ...«

»Nicht nötig, danke!«, wehrte Alexandra hastig ab und wollte schon aus der Tür springen, als Dirk sie am Arm zurückhielt.

»Leider doch!«

Sie riss sich energisch los. »Was soll das? Wieso ...«

Dirk lächelte sie verlegen an. »Ich muss mal, Alexandra! Du lässt mich doch hier nicht gegen eine Hauswand ...«

Sie grinste erleichtert. »Komm mit!«

Alexandra Thalbach knipste das Licht im Wohnungsflur an und winkte Dirk hinter sich herein. »Zweite Tür rechts!«

Dirk ging an ihr vorbei, ignorierte die Anweisung und riss systematisch jede Tür auf, die vom Flur abging.

»He! Was soll das, Dirk?«, fragte Alexandra irritiert.

Unbeirrt verschwand er jetzt in einem der Räume – Alexandra folgte ihm sofort nach, völlig entnervt. »Spinnst du? Was machst du da?«

Dirk stand in ihrem Schlafzimmer und wies mit schiefem Grinsen auf das offensichtlich unberührte Bett, über dem sogar noch eine Tagesdecke lag. »Da versteht man natürlich, dass du müde bist – wo du doch noch gar nicht geschlafen hast ...«

Verlegen presste sie sich an den Türrahmen. »Ich ... ich habe das Bett schnell gemacht ...«

Dirk lachte spöttisch. »Na klar. Erst ganz cool das Bettchen machen und dann rennen wie eine Furie!« Er trat dicht vor sie. »Vorgestern hast du überhaupt nicht geschwitzt, weißt du noch? Dabei bist du angeblich von hier bis zu Vivians Haus gerannt und hast sogar noch den Großen Unbekannten verfolgt, den du auf ihrer Terrasse entdeckt haben willst! Und heute triefst du nach der gleichen Strecke, als hättest du den Hanse-Marathon hinter dir!«

»Was willst du damit sagen, Dirk?«

»Du hast keinen schwarzen Mann auf der Terrasse gesehen, Alexandra«, sagte Dirk. »Du hast vor Vivians Haus gewartet, bis wir kamen, und uns dann dieses Märchen erzählt!«

»Das stimmt nicht!«

»Und heute Nacht«, setzte Dirk unerbittlich nach, »hast du Vivians Wohnungsschlüssel benutzt. Es ist ein Funkschlüssel, mit dem man die Alarmanlage von außen abstellen kann, richtig? Dann bist du ins Wohnzimmer marschiert und hast das Bild verbrannt!«

»Nein!«

»Ich hab dich fast dabei erwischt! Du bist nach Hause gerannt, doch bevor du hier warst, habe ich das erste Mal bei dir angerufen! Du konntest es nicht hören, denn du warst ja noch unterwegs. Vivian hat dich erreicht – ungefähr dreizehn oder vierzehn Minuten, nachdem der Täter über die Terrasse verschwunden war. Genau die Zeit, die eine trainierte Läuferin wie du für die drei Kilometer braucht! »

Sie starrte ihn wortlos an, waidwund wie ein hilfloses Reh.

»Und genauso lange hast du dann gebraucht, um wieder zurückzulaufen. War ganz schön anstrengend, nicht?« Sein Blick nagelte sie fest. »Warum hast du das getan, Alexandra?«

Sie atmete schwer. »Lass mich ...«

»Eifersucht auf die große, strahlende Schwester? Neben Vivian bleibt nicht mehr viel Luft zum Atmen, ich weiß ...«

Endlich brach sich die Verzweiflung Bahn. Langsam rutschte Alexandra rücklings am Türpfosten hinunter und ging in die Knie. Weinend schlug sie die Hände vors Gesicht. Dirk wandte sich traurig ab. »Ich rufe jetzt Kommissar Marquard an. Und Vivian.«

»Es war wirklich die kleine Schwester?« Anna Bergmann sah ihren Kollegen ungläubig an, der gerade den dritten Becher Kaffee in sich hineinsog. Sie hatte Dirk mit dem

14/2 vor seinem Haus abgeholt und angesichts seines übernächtigten Zustandes erst einmal eine Cafèteria angesteuert. Der Mann brauchte jetzt Koffein, das sah ein Blinder. Und Anna war alles andere als blind.

»Sie war es«, bestätigte Dirk. »Wir haben in ihrem Regal sogar Lessings Werke gefunden. Nathan der Weise. Der wirre Brief des Unbekannten, du erinnerst dich?«

»Was sagt das? Lessings Werke stehen auch bei mir zu Hause im Bücherschrank!«

»Bei mir nicht«, gab Dirk offen zu. »Aber ich habe ein gutes Gedächtnis! Und unser genialer Chef, Rolf Bogner, hat ja laut genug getönt, woher der Spruch in dem Brief stammt.«

»Nämlich?«, hakte Anna nach.

»Fünfter Aufzug, letzter Auftritt! Und genau die Stelle mit dem Zitat ist in Alexandra Thalbachs Nathan-Ausgabe dick unterstrichen ...«

»Und wie hat es die Schwester aufgenommen? Vivian?«, wollte Anna wissen.

Dirk rührte unglücklich in seinem Kaffee. »Sie wollte es erst nicht glauben. Dann hat sie sich mit Zähnen und Klauen vor ihre Schwester gestellt. Ihren Anwalt alarmiert. Eine Anzeige will sie auf keinen Fall erstatten. Aber das wird schon die Versicherungsgesellschaft tun – die kennen keine Verwandten!«

»Trefft ihr euch heute noch?«

Er zuckte deprimiert mit den Schultern. »Der Abschied war ziemlich frostig. Immerhin habe *ich* ihre geliebte Schwester hochgehen lassen. Blut ist eben dicker als Wasser.«

Anna sah ihn mitleidig an. »Früher hat man den Boten, die eine schlechte Nachricht überbrachten, den Kopf abgeschlagen.«

Er rang sich ein grimmiges Grinsen ab. »Dann hab ich

ja wohl noch Glück gehabt!« Er schob den Becher von sich und stand auf. »Los, sonst kommen wir noch zu spät mit unserem Date mit Malte und Kutte!«

Sie folgte ihm zum Ausgang, wo er ihr galant die Tür aufhielt.

»Bitte sehr, Frau Schutzmann! Was machen denn die morschen Knochen heute? Wer hat das Match gewonnen? Jörg oder Anna?«

Sie zwinkerte verschmitzt. »Beide. Mit Bestnote.«

Tim öffnete die Haustür der Sundermann-Villa, trat ins Freie und atmete tief durch. Ein neuer Tag. So war es immer. Wenn alles zusammenbrach, brauchte man nur lange genug die Augen schließen. Irgendwann ging es wieder. Trotz seiner dreizehn Jahre hatte er das oft genug erfahren. Olaf hatte gestern noch gemeckert. Fernsehen war auch nicht. Aber wenn er jetzt frische Brötchen holte und den Frühstückstisch deckte, wäre das Schlimmste überstanden – ganz sicher. Er ließ die Einkaufstasche ums Handgelenk wirbeln wie einen Propeller. Jäger im Sturzflug. Feindliche Maschine im Visier! Plötzlich schlug eine harte Faust seine Hand herunter, zwei massige Gestalten blockierten seinen Weg. Die beiden Schläger ...

»Moin, Freund Lederjacke!«, grüßte Kutte und ließ die Tattoos auf den muskulösen Oberarmen hüpfen. Tim erstarrte und zog unwillkürlich die offene Jacke fester zusammen.

Malte registrierte die Geste und grinste hämisch. »Keine Panik! Wir werden doch einem alten Freund nicht das Jäckchen wegnehmen, was, Kutte?«

Der Tätowierte wehrte großspurig ab. »Ach was! Tut uns echt Leid, dass wir dich gestern nicht gleich auf den ersten Blick wieder erkannt haben, Mann!«

Tim blickte unsicher von einem zum anderen. »Wieso? Wir kennen uns doch gar nicht …«

Malte verzog das Gesicht, als hätte er in eine Zitrone gebissen. »Jetzt bin ich aber enttäuscht von dir! Wir sind doch die, die dich schon seit Wochen zum Klauen anstiften!«

Tim glotzte verständnislos. Da brachte Malte sein Gesicht ganz nah vor die Nase des verständnislosen Jungen heran und betonte übertrieben deutlich: »Du lieferst alles ab, sonst gibt's was aufs Mau-el!«

Jetzt schob sich auch Kutte bedrohlich neben seinen Kumpan. »Die Story erzählst du jedenfalls überall rum, Kleiner!«

Tim wich ein Stück zurück. »Das stimmt nicht, das wisst ihr genau! Warum sollte ich mir so einen Mist ausdenken?«

»Genau das frage ich mich auch! Aber wenn wir uns darüber unterhalten, kommen wir schon drauf, was?«

Tim starrte konsterniert auf Dirk, der plötzlich neben ihm stand – während auf Tims anderer Seite jetzt Anna auftauchte.

Malte triumphierte. »Glauben Sie uns jetzt?«

»Ich glaub an gar nichts mehr«, versetzte Anna und gab den beiden einen Wink. »Haut ab!«

Kommentarlos machten Kutte und Malte auf den Hacken kehrt und verschwanden.

Dirk klopfte Tim leicht auf die Schulter. »Und jetzt reden wir mal Klartext, Freundchen …«

Lothar Krüger stand hinter dem Tresen im großen Wachraum und äugte nervös zur Tür. Gleich müsste Dietmar mit dem alten Krämer auftauchen. Ein aufgeregter Kollege steuerte auf Lothar zu und meldete: »Alles klar im

Aufenthaltsraum! Tisch gedeckt, Brötchen geschmiert, Kaffee gekocht!«

Lothar nickte und behielt gespannt die Tür im Auge.

»Was ist mit dem Chef? Weiß der Bescheid?«, wollte der Kollege wissen.

Lothar schüttelte den Kopf. »Rolf kommt heute später.«

Der Kollege blies die Wangen auf, nervös wie ein Rennpferd vor dem Startschuss. »Warda vom 11. Revier kennt den alten Krämer auch noch. Er wollte aber nix über ihn sagen. Dabei lässt Warda sonst keine Gelegenheit zum Klatschen aus!«

»Ruhe – da kommen sie ...!«

Dietmar hatte den Alten an der Bushaltestelle abgeholt. Krämer kam pünktlich auf die Minute – was bei ihm nicht anders zu erwarten war. Der kurze Fußmarsch zur Wache dehnte sich für Dietmar zur Ewigkeit. Eifrig um gute Stimmung bemüht, versuchte er den eisig schweigenden Mann mit freundlichen Worten und launigen Sprüchen aus der Reserve zu locken. Doch alle Bemühungen um lockere Konversation versickerten bei Krämer wie ein Fingerhut voll Wasser in der Wüste.

Wenigstens bin ich jetzt nicht mehr alleine, dachte Dietmar aufatmend, als er dem alten Mann höflich den Vortritt in den Wachraum ließ und seine Kollegen dann heranwinkte. »Leute, darf ich euch Heinz Krämer vorstellen, Ex-Chef des 14. Reviers – Herr Krämer, meine Kollegen ...«

Krämer hörte gar nicht richtig hin. Er war schon ein paar Schritte weitergegangen, betrachtete den Tresen und strich versonnen über das vernarbte Holz. »Immer noch dasselbe olle Ding ...«

Er erlaubte sich nur einen Moment sentimentalen Abschweifens, dann wandte er sich wieder den anderen zu und musterte sie messerscharf. »So. Die Kollegen.«

Lothar lächelte ihm gewinnend zu. »Wir sind natürlich noch mehr Leute in der Schicht.«

Krämer hob herrisch das Kinn. »Weiß ich. Bogner fehlt.«

Lothar und Dietmar wechselten einen überraschten Blick – und genau in diesem Moment erschien Rolf Bogner am Eingang! Überrumpelt blieb er stehen und starrte den Alten an wie eine Erscheinung. »Krämer ...?«

Der Alte blies sofort zur Attacke. »Ja, ich bin es, Bogner!«

Der Revierchef machte ein paar Schritte auf Krämer zu, völlig konsterniert. »Was ... Was machen Sie hier?«

Krämer baute sich dicht vor Bogner auf und sah ihm herausfordernd ins Gesicht. »Hat es Ihnen nicht gereicht, mich aus dem Amt zu ekeln? Mussten Sie jetzt auch noch mein Jubiläum sabotieren? Mit welchen Lügen haben Sie die Leute diesmal gegen mich aufgehetzt?«

»Wie kommen Sie auf den Quatsch?« Langsam wurde Bogner ärgerlich, aber Krämer war jetzt voll in Fahrt.

»Halten Sie mich für blöde? Kein Mensch kommt zu meinem Fest – nur ausgerechnet Ihr Spion hier! Hat er Ihnen meine Enttäuschung gut beschrieben? Was soll das jetzt noch mit diesem Frühstück, Bogner? Haben Sie sich noch eine Demütigung für mich ausgedacht?«

Das läuft völlig schräg, dachte Dietmar. Das muss aufhören! »Herr Krämer«, versuchte er sich vorsichtig einzumischen, um den aufgebrachten Greis zu beschwichtigen. »Herr Krämer ...«

Zornig wandte sich Krämer dem dicken Polizisten zu und fuhr ihn an: »Die Bullen-Bulette! Glauben Sie, ich habe Sie nicht wieder erkannt? Aber was wissen Sie schon! Der da«, sagte er und zeigte mit dem Finger auf Bogner, »der ist schuld an *allem*!«

Zornsprühend stapfte der Alte am entgeisterten Bogner

vorbei zum Ausgang und verschwand. Die Zurückbleibenden wechselten konsternierte Blicke. Dietmar wandte sich hilflos an Bogner. »Rolf ... das hab ich alles nicht gewusst!«

Wortlos schüttelte Bogner den Kopf, zog die Schultern hoch, strebte eilig in sein Büro und knallte die Tür hinter sich zu.

Dietmars Schultern sackten verzweifelt herab. »Ich wollte doch nur etwas Gutes tun ...«

Anna und Dirk standen in Olaf Sundermanns Wohnzimmer und beobachteten, wie der Erzieher aufgebracht vor Tim herumtigerte, der wie ein Häuflein Elend bedrückt in einem Sessel kauerte.

»Die beiden Schläger haben dich unter Androhung von Gewalt dazu erpresst, Überfälle zu begehen!«, stieß Sundermann wütend hervor. »So hast du mir die Geschichte gestern erzählt, und ich habe sie dir abgenommen!«

Tim wagte vorsichtig einen Widerspruch. »Aber ... das musst du irgendwie falsch verstanden haben, ich ...«

Sundermann fiel dem Jungen unwirsch ins Wort. »Du warst nichts weiter als zu feige zuzugeben, dass du die alten Leute aus purer Habgier überfallen hast!«

»Nein, so war das nicht!«, widersprach Tim energisch.

Anna belauerte Sundermann. Wie konsequent würde er jetzt sein?

Der Erzieher blieb dicht vor Tim stehen und sah ihn eindringlich an. »Doch – so war das! Mach jetzt nicht alles noch schlimmer, hörst du? Vielleicht finden wir für dich noch mal eine Lösung, aber fürs Erste ...«

Tim hing gespannt an den Lippen seines bisherigen Beschützers, der unerbittlich nachsetzte: »Du hast mich belogen! Dir ist doch wohl klar, was das bedeutet?«

Der Junge nickte schwach und sah wortlos zu Boden. Sundermann wandte sich den beiden Polizisten zu. »Wir haben uns gestern über meine Regeln unterhalten. Auch in diesem Haus gibt es eine letzte Chance, die man versieben kann!«

Der Mann ist theatralisch wie ein schlechter Schiedsrichter, fuhr es Dirk durch den Sinn. Dass Tim ihn belogen hat, scheint er fast schlimmer zu finden als die Überfälle! »Rote Karte?«

Sundermann nickte bestätigend und wandte sich barsch an Tim. »Das war's hier für dich!«

Tim sah entsetzt zu ihm auf. »Bitte, Olaf ...«

Der Erzieher schüttelte unerbittlich den Kopf. »Pack deine Sachen!«

Langsam, wie ein geprügelter Hund, stand Tim auf und schlich zur Tür.

Dirk hielt ihn kurz zurück. »Wir fahren dich gleich zum Jugendamt, okay?«

Der Junge nickte wortlos.

Rolf Bogner lehnte an seinem Schreibtisch und starrte hinaus auf die Straße. Ein Rentnerpaar ging gerade vorbei, zwischen den beiden ein kleines Mädchen – offenbar ihr Enkelkind. Die Kleine sang fröhlich vor sich hin, der alte Mann sah lächelnd zu ihr herab und strich ihr sanft übers Haar. So sollten alte Menschen sein, dachte Bogner. Milde, klug und dankbar für die friedlichen Momente. Die Erinnerung an Krämers unerfreulichen Auftritt ließ ihn innerlich vor Wut erzittern. Vor allen seinen Leuten! Wenigstens konnte er sich jetzt zurückziehen. Sogar das Rollo vor dem Sichtfenster zum Wachraum hatte er heruntergelassen. Aber sich hier einzuigeln konnte natürlich kein Dauerzustand sein. Bogner war normalerweise stolz darauf, sein Revier als Erster unter Gleichen zu führen und für seine Leute stets ansprechbar zu sein. Dietmar, dieses gutmütige Schaf! Krämer hierher einzuladen! Auf so etwas konnte wirklich nur Steiner kommen! Bogner atmete tief durch. Das Schlimmste war, gestand er sich ein, dass ihn hinter all seinem Zorn über den alten Krämer vor allem ein Gefühl quälte: Er schämte sich.

Es klopfte kurz an der Tür, dann schob sich Dietmar Steiner ins Büro, ohne eine Aufforderung abzuwarten. »Rolf ...«

»Dietmar«, antwortete Bogner knapp, ohne sich umzuwenden.

Unbeirrt ging Dietmar zu seinem Chef und lehnte sich neben ihn an den Schreibtisch. So schwiegen sie sich eine Weile an.

»Warum hast du mir nicht erzählt, dass du Krämer kennst?«, tastete sich Dietmar schließlich vor. »Da wäre uns einiges erspart geblieben!«

Bogner seufzte. »Du hast ja Recht! Aber ich konnte doch nicht ahnen, dass du ihn hier anschleppst!« Er schüttelte ratlos den Kopf. »Entschuldige, Dietmar, dass ich dich gestern zur Feier vorgeschickt habe. Das war feige von mir.«

»Du hast offenbar deine Gründe dafür gehabt«, sagte Dietmar.

Bogner stieß sich vom Schreibtisch ab, lehnte sich gegen die Fensterbank und sah Dietmar offen ins Gesicht. »Die Zeit heilt alles, sollte man meinen. Aber nicht bei einem Typ wie Krämer. Der wird 120 und ändert sich nicht!«

»Jetzt mal raus mit der Sprache«, ermunterte Dietmar seinen Chef. »Was ist eigentlich genau zwischen euch passiert?«

Bogner nestelte verlegen an seiner Brille, dann setzte er zur Erklärung an. »Damals waren wir beim 11. Revier –

Krämer als Chef, sein letzter Posten vor der Pension. Er wollte noch nicht aufhören. Mit Sondergenehmigung hätte er noch ein Jahr dranhängen können. Das kann man machen, wenn der Antrag –«

»Ich bin Beamter. Ich weiß, wie das funktioniert«, unterbrach ihn Dietmar ungeduldig. »Und?«

Bogner rückte seine Brille wieder zurecht und fuhr fort. »Sein Antrag schien nur Formsache zu sein. Aber dann bekam der Polizeipräsident einen offenen Brief, unterzeichnet von der ganzen Crew des 11. Reviers: Alle Selbstherrlichkeiten des Alten genauestens aufgelistet, die rüden Attacken gegen Mitarbeiter, seine arroganten Alleingänge ...«

Dietmar pfiff durch die Zähne. »Und damit war er draußen!«

»Er war schon lange vorher nicht mehr tragbar!«, rechtfertigte sich Bogner erregt. »Du weißt doch, wie er war!«

Dietmar nickte verständnisvoll. »Aber wenn ihr den Brief damals *alle* unterschrieben habt – warum gibt er allein *dir* die Schuld dafür?«

»Wir haben in alphabetischer Reihenfolge unterschrieben.« Bogner machte eine hilflose Geste. »B wie Bogner. Ich stand leider ganz oben auf der Liste. Mein Pech. Krämer war sofort dem Wahn verfallen, ich sei die treibende Kraft der ganzen Aktion. Paranoid war der Mann schon immer!«

»Das muss ihm gestern alles wieder hochgekommen sein, als er allein in seinem Festsaal stand«, sinnierte Dietmar betrübt.

Bogner hämmerte wütend seine Faust gegen das Fensterbrett. »Mein Gott, das ist 25 Jahre her! Vielleicht sollte er mal über etwas anderes nachdenken! Und wir auch. Haben wir nichts Besseres zu tun?«

Dietmar zuckte zusammen. »Doch, vielleicht ...«

Energisch stieß sich Bogner von der Fensterbank ab. Einfach abhaken, den ganzen Quatsch. Sofort. »Dann sollten wir jetzt damit loslegen!«

Wortlos stand Dietmar auf und ging zur Tür. Die Klinke schon in der Hand, wandte er sich noch einmal seinem Chef zu – etwas ärgerlich, aber ruhig. »Wenn Krämer in den letzten 25 Jahren immer so viel Besuch gehabt hat wie gestern, gab es nicht viele andere Dinge, an die er hätte denken können!«

Bogner setzte zu einer heftigen Antwort an, schluckte sie dann aber doch hinunter und schüttelte nur den Kopf. »Dietmar ... *warum* sollten wir uns einen Kopf wegen Krämers Problemen machen?«

Dietmar fixierte Bogner ernst. »Weil das hier mal sein Büro war.«

Damit verließ er den Raum und schloss die Tür hinter sich. Bogner verschränkte die Arme, wandte sich wieder stumm zum Fenster und starrte ins Leere.

Dirk Matthies stoppte den Streifenwagen vor einer roten Ampel und warf einen verstohlenen Blick in den Innenspiegel: Tim kauerte auf der Rückbank, eine kleine Reisetasche neben sich. Sieht ganz schön fertig aus, der Junge, dachte Dirk. Keine Spur mehr der coole Großkotz von gestern.

Anna registrierte seinen Blick. »Wir hätten ihn schon gestern beim Amt abliefern sollen. Der belügt einfach jeden!«

Dirk blieb ihr eine Antwort schuldig. Die Ampel sprang auf Grün, der 14/2 fuhr an. Beim nächsten heimlichen Blick in den Rückspiegel sah Dirk, wie dem Jungen die Tränen übers Gesicht liefen – er weinte ohne einen Laut, mit verkrampften Händen ...

Kurzentschlossen rauschte Dirk in eine Parklücke. Anna klammerte sich überrascht am Haltegriff fest. »He! Was ist?«

Ihr Kollege stellte den Motor ab. »Ich brauch dringend einen Kaffee. Da ist eine Bäckerei. Alle mitkommen!« Schon stieg er aus. Anna sah ihm verblüfft nach.

Dirk wählte einen Bistrotisch in einer einsamen Nische, ging zur Theke und kam mit drei dampfenden Kaffeebechern und einer Platte Butterkuchen zurück. Tim weinte nicht mehr, wirkte aber noch ziemlich erschüttert.

Dirk verteilte die Becher und sah den Jungen prüfend an. »Nun sag mal: Die Story, dass man dich erpresst hat, damit du die Omis beklaust – hast du dir die aus den Fingern gesogen, um Sundermann zu beruhigen, oder was? Kommt doch jetzt nicht mehr drauf an!«

Tim hielt den Kopf gesenkt. »So was hab ich nie gesagt ...«

»Dann kann sich das ja nur Herr Sundermann ausgedacht haben.«

Der Junge zuckte schweigend mit den Achseln.

»Das glaub ich zwar nicht«, schaltete sich Anna ein, »aber wenn, dann wollte er die Jungs vielleicht nur in Schutz nehmen?«

Dirk ließ nicht locker. »Sieh mir in die Augen, wenn ich mit dir rede, Junge!« Langsam hob Tim den Kopf und sah ihn an. »Seit wann bist du von zu Hause weg, Tim?«

»Schon immer«, kam die Antwort leise. »Verschiedene Heime und so. Familie ist nicht.«

»Wie lange kennst du Sundermann schon?«, erkundigte sich Anna.

»Paar Monate. Irgendjemand hat mich mit hingenommen. Ist cool bei Olaf.« Er rührte wild in seinem Kaffee. »Hoffentlich meint er das nicht so ernst mit der roten Karte!«

Dirk nahm ihm energisch den klappernden Löffel aus den Fingern. »Ist dir überhaupt klar, *warum* du jetzt in der Scheiße sitzt?«

Tim sah den Polizisten verblüfft an. »Ich hab Olaf nicht angelogen, sag ich doch!«

Dirk schüttelte langsam den Kopf und sah den Jungen eindringlich an. »Du hast Leute überfallen. Deshalb bist du bei deinem Olaf rausgeflogen, und deshalb hast du uns an der Backe! Weißt du eigentlich, was du mit deinen Taten angerichtet hast?«

Tim zuckte bockig mit den Achseln. Was sollte das hier werden? Noch 'ne Moralpredigt?

»Du hast nicht bloß Geld gestohlen! Jedes deiner Opfer steckt jetzt voller Angst und Misstrauen. Die Oma zum Beispiel, bei der wir dich erwischt haben! Was meinst du, wann die je wieder einem fremden Menschen freundlich ihre Tür öffnen wird?«

»Ist doch nicht mein Problem!«, patzte der Junge, wirkte aber deutlich verunsichert.

»Nicht dein Problem?«, schnaubte Dirk verächtlich. »Da bist du aber schwer auf dem Holzweg! Du sorgst selbst dafür, dass vor dir bald alle Türen zugeschlagen sind! Was ist, wenn du selbst dringend mal eine offene Tür brauchst? Was meinst du wohl, wie viele offenen Türen dir noch bleiben?«

Anna warf ihrem Kollegen einen anerkennenden Blick zu. Tim starrte betroffen in seinen Kaffee. Dieser Bulle hatte echt komische Sachen drauf. Irgendwie anders, der Typ!

Dirk legte seine Hände an den Kopf des Jungen, zwang sein Gesicht wieder hoch und fuhr eindringlich fort. »Erst bist du nur weggelaufen. Dann hast du wahrscheinlich in Läden geklaut, weil du Hunger hattest. Jetzt überfällst du Leute, weil du teure Jacken tragen willst!«

»Ich bin eben Scheiße«, murmelte Tim und nestelte verlegen am Kragen seiner neuen Lederjacke.

»Bist du nicht! Du bist auch nicht gut. Du bist irgendwo auf dem schmalen Grat dazwischen – auf Zehenspitzen. Aber da hält man sich nicht auf Dauer!«

Tim schwieg betreten. Dirk atmete durch und schob seine leere Tasse von sich. »Los, fahren wir ...«

»Guten Tag. Ich möchte bitte eine Anzeige erstatten«, sagte der Mann höflich und mit beherrschter Stimme. Er lächelte freundlich, als Lothar Krüger vor ihn an den Tresen trat. Gepflegte Erscheinung, Mitte dreißig, klingt nach höherer Schulbildung und ist nicht auf Krawall gebürstet, schätzte Lothar ihn blitzschnell ein. Angenehmer Kunde. Er lächelte zurück und zog sich einen Protokollblock heran.

»Guten Tag – was liegt denn an?«

»Mir ist etwas gestohlen worden.«

»Könnten Sie mir bitte erst Ihren Namen und die Anschrift nennen? Sie verstehen, für das Protokoll ...«

Der Mann lächelte fein. »Natürlich. Es muss alles seine Ordnung haben.« Er zog einen Ausweis aus der Manteltasche und zeigte ihn vor. »Meyer. Thomas Meyer. Stormarnring 177.«

Lothar notierte die Angaben. »Was ist Ihnen gestohlen worden, Herr Meyer?«

»Mein Blut.«

Lothar stutzte irritiert. »Bitte?«

»Mein Blut. Es gehört mir. Man darf es mir nicht einfach wegnehmen! Das ist doch verboten, oder?«

Der Polizist musterte den Mann verblüfft. Meyer wirkte völlig souverän. »Geht es um Blutkonserven oder so etwas?«, versuchte Lothar aufzuklären, doch Meyer schüttelte gelassen den Kopf.

»Sie kommen aus dem System der Leoniden. Jede Nacht. Sie setzen den Transmitter an meiner Halsschlagader an, füllen ihren Raumtanker und dematerialisieren sich. Ich nehme das nicht länger hin.«

Scheiße, dachte Lothar. Wo ist die versteckte Kamera? Und warum landen alle Irren immer bei mir? Er legte den Stift aus der Hand. »Ich fürchte, da bin ich etwas überfordert, Herr Meyer ...«

Von einer Sekunde auf die andere zersplitterte Meyers Souveränität. Sein Gesicht verfärbte sich aschfahl, die Hände zitterten, und die Augen flackerten irre. Verängstigt drückte er sich eng an den Tresen, beugte sich dicht zu Lothar hinüber und flüsterte, als ob fremde, dunkle Mächte ihn belauschen könnten: »Dann bin ich verloren! Sie werden mich aussaugen bis auf den letzten Tropfen!«

Lothar überlegte fieberhaft. Irgendwie tat der Mann ihm Leid. Ob irre oder nicht – Angst hatte Meyer ganz offensichtlich, und das war entscheidend. Vorsichtig erkundigte er sich: »Vielleicht kann ein Arzt Ihnen besser helfen? Die kennen sich doch aus mit Blut ...«

»Ich war beim Arzt«, tuschelte Meyer konspirativ und zog ein Pillenfläschchen aus der Tasche. »Vier Stück davon soll ich täglich schlucken! Aber ich darf nicht: Die Leoniden behaupten, das sei polizeilich nicht erlaubt!«

Lothar zog die Brauen hoch, todernst. »Ich glaube, ich kann Ihnen doch helfen!«

»Das wusste ich«, gab Meyer nicht minder ernst zurück. »Deshalb bin ich ja hier.«

Der Polizist kritzelte schon mit schneller Hand ein paar Zeilen auf das Protokollformular. »Ich erteile Ihnen hiermit schriftlich, polizeilich und offiziell die Erlaubnis, Ihr Medikament in der ärztlich vorgeschriebenen Weise einnehmen zu dürfen!« Er sammelte alle Stempel, die in

Reichweite lagen, und knallte sie gewichtig der Reihe nach auf das Papier, bis es aussah wie ein Pass nach einer Weltreise. »Dieses Dokument ist übrigens auch im Leonidensystem verbindlich!«

»Und im Andromeda-Nebel?«, erkundigte sich Meyer interessiert.

»Universell!«, behauptete Lothar im Brustton der Überzeugung, versah den bunten Zettel mit einer schwungvollen Signatur, riss ihn vom Block und reichte ihn mit großartiger Geste über den Tresen. »Bitte!«

Meyer hatte seine Fassung wiedererlangt. Er faltete das Papier säuberlich zusammen und steckte es ein. Dann nickte er Lothar höflich zu. »Ich danke Ihnen. Sie sind ein guter Polizist.« Damit ging er. Lothar sah ihm nach und wusste nicht, ob er lachen oder fluchen sollte. Er entschied sich für ein stummes Kopfschütteln und wollte gerade an seinen Schreibtisch zurückkehren, als ein junger Mann mit Wuschelkopf und speckiger Fleecejacke auf ihn zusteuerte. In der Hand trug er ein hübsch verpacktes Präsent – offensichtlich eine Flasche.

»Moin!«, grüßte der Neuankömmling. »Ich wollte mich bei einem Kollegen von Ihnen für etwas bedanken – Henning Schulz! Wo finde ich ihn?«

Lothar wies auf eine Tür. »Da raus, den Flur nach links und dann erste Tür rechts!« Der Mann folgte der Anweisung und zog ab. Der erste normale Mensch heute, dachte Lothar und sah zu Dietmar herüber. Das Desaster mit dem alten Krämer hatte seinen Freund tief getroffen, das merkte man. So ist das, sinnierte er – in einer Welt, in der die Irren höflich sind und die vermeintlichen Respektspersonen sich benehmen wie die letzten Flegel.

Als Hariklia Möller von ihrer Aktenlektüre aufsah, ertappte sie Henning einmal mehr untätig vor sich hin starrend – den Blick so leer wie der Monitor vor ihm. Impulsiv knallte sie den Aktendeckel zu, so dass ihr trübsinniger Kollege erschrocken zusammenfuhr.

»Jetzt reicht's mir langsam! *Ein* komischer Tag ist ja noch erträglich, aber heute stierst du schon wieder so schräge vor dich hin! Was ist los mit dir, verdammt?«

Er zögerte, doch noch bevor er zur Antwort ansetzen konnte, klopfte es kurz an der Tür, und schon schob sich der Wuschelkopf ins Zimmer. Die hübsch verpackte Flasche präsentierend, strahlte er Henning an. »Jochen Krohn – der Mann mit dem verlorenen Ausweis! Sie erinnern sich noch? Vielen Dank für Ihre Hilfe, es war...« Jetzt erst fiel sein Blick auf Harry – plötzlich geriet Krohn völlig aus dem Konzept. »Sie ... aber wieso ...«, stotterte er verdattert und ließ verlegen sein Präsent sinken. »Was machen Sie denn hier?«

»Kennen wir uns?«, erkundigte sich Harry verblüfft.

»Ja! Nein!«, haspelte Krohn aufgeregt. »Ich meine, wir waren doch verabredet ...«

Jetzt begriff Harry gar nichts mehr. »Bitte?«

Krohn verzweifelte fast. »Per E-Mail – über die Traumfrau-Website ...«

Endlich fiel wenigstens bei Henning der Groschen. »Deine Internet-Kontaktanzeige, Harry!«

»Genau!«, bekräftigte Krohn eifrig.

Fassungslos ließ Harry ihren Blick von Krohn zu Henning wandern. »Kann mir bitte mal irgendjemand erklären, was hier läuft?«

Henning grinste erfreut. »Du weißt wirklich nicht, was wir meinen?«

Sie schüttelte nur stumm den Kopf – und ihr Kollege ließ die Tastatur klappern, als hätte man ihm plötzlich eine Vitaminspritze verpasst.

Endlich baute sich die Seite auf, auf dem Monitor flimmerte ein Bild – entgeistert erkannte Harry sich selbst! Sie beugte sich über Hennings Schulter und las den Text unter dem Foto laut mit: »Hallo Träumer! Ich suche dich schon lange. Wenn du mit mir Kontakt aufnehmen willst ... Oh Gott!«

Krohn deutete den Seufzer falsch. »Also ich finde, Sie sehen süß aus auf dem Foto! Deswegen hab ich mich ja auch sofort mit Ihnen verabredet.«

Harry warf ihm einen schiefen Blick zu. »Muss ich jetzt danke sagen? Was geht hier bloß ab?«

»Nun mal ganz von vorn«, beruhigte Henning. Was immer hier abgeht, dachte er – ihm ging es jedenfalls schon viel besser! Er wandte sich an Krohn: »Auf Ihre Mail kam postwendend der Vorschlag, sich auf dieser ›Lonely Hearts‹-Party zu treffen?«

»Genau!«, nickte der Wuschelkopf eifrig. »Ich also nichts wie hin, aber sie ist nicht gekommen ...«

»Natürlich nicht«, warf Harry ein. »Die Anzeige ist nicht von mir!«

»... und da hab ich mir vor Kummer so dermaßen die Kanne gegeben ...«

»Danach wär mir jetzt auch«, stöhnte Harry.

Krohn zuckte mit den Achseln. »Den Rest kennen Sie ja.«

»Leider«, versetzte die Zivilfahnderin trocken. »Und was machen wir jetzt?«

»Wir verabreden uns mit dir!«, schmunzelte Henning und ließ bereits wieder die Tasten klappern. »Mal sehen, welchen Treffpunkt du mir vorschlägst!« Er knallte seinen Zeigefinger abschließend auf die Return-Taste, lehnte sich zurück und grinste Harry breit an. »Und dann machen wir uns einen heißen Abend zu dritt – du, ich und die da ...« Er deutete auf den Monitor.

Harry verzog das Gesicht und zeigte ihm einen Vogel.

Krohn gab sich einen Ruck und drückte ihr die hübsch verpackte Flasche in die Hand.

»Ich geh dann jetzt wohl besser. Nehmen Sie man die Pulle ...«

»Danke«, lächelte sie verblüfft.

Der Besucher wandte sich ab und ging zur Tür, dann zögerte er und nahm allen Mut zusammen. »Würden Sie vielleicht ... ich meine, die Anzeige ist zwar nicht von Ihnen, aber – Sie würden nicht vielleicht mal mit mir ausgehen, oder?«

Harry lächelte, doch etwas gerührt über diesen Antrag, dann schüttelte sie langsam den Kopf. Krohn nickte wissend und schickte einen viel sagenden Blick in Richtung Henning, der gerade wieder gebannt auf den Monitor starrte.

»Hab ich mir irgendwie gedacht. Na, dann ...« Schon schloss sich die Tür hinter ihm.

Das Büro des Jugendamtes verbreitete den Charme einer gebrauchten Plastiktüte. Unbehaglich rückte Dirk Matthies auf dem schäbigen Kunststoffstuhl hin und her. Die Tür zum benachbarten Büro stand offen: Dort waren seine Kollegin Anna und ein Beamter mit der Abwicklung aller Formalitäten beschäftigt. Neben Dirk hockte Tim auf einem ähnlich unbequemen Stuhl und starrte unbewegt auf die kleine Reisetasche zu seinen Füßen. Der Junge war ziemlich still geblieben, seit sie die Bäckerei verlassen hatten. Aber Dirk hatte das Gefühl, dass es in ihm arbeitete. Vielleicht hatte er diesen verkorksten Kerl tatsächlich irgendwie erreicht! Vielleicht machte er sich da aber auch zu viele Hoffnungen. In letzter Zeit schien er sich scheinbar ohnehin viel zu viele Illusionen zu machen – siehe Vivian. Sie hatten sich seit heute früh nicht mehr gesprochen. Dirk hatte zweimal vergeblich versucht, sie im Büro anzurufen. Vivian war irgendwo unterwegs, hatte ihr Handy abgeschaltet und auch nicht zurückgerufen.

»Vielleicht kann ich ja doch noch mal zu Olaf«, brach Tim jetzt in Dirks Gedanken.

Der Polizist sah auf den schmalen Jungen in der großen Jacke. Wenn er nicht so viel auf dem Kerbholz hätte, könnte man glatt Mitleid mit dem Bürschchen haben, dachte er. »Sag mal, hat Sundermann wirklich nie danach gefragt, woher ihr so viel Geld hattet? Wenn du zum Beispiel mit so einer Jacke angekommen bist?«, erkundigte er sich.

Tim nestelte einmal mehr am Kragen der Jacke. »Nööö ...«

»Eigentlich komisch, nicht?«

Tim grinste hintergründig. »Na ja ...«

Dirk musterte ihn forschend. »Stimmt was nicht mit Sundermann?« Als der Junge schweigend zu Boden blickte, setzte er nach: »Diese Lüge, man hätte dich dazu erpresst, die Überfälle zu begehen – die hat er sich ausgedacht. Ist doch so, oder?«

Tim zuckte mit den Achseln. »Glauben Sie ihm nicht?«

»Nein. Ich glaube dir.«

Überrascht, fast ungläubig sah Tim den Polizisten an. »Echt krass ...«

Von nebenan kam jetzt Anna herein, den Beamten im Schlepp. »Papierkrieg erledigt – wir können ...«

Dirk nickte, erhob sich vom Stuhl und wandte sich noch einmal an den Jungen. »Pass auf dich auf! Und pass auf, was du machst!«

Tim nickte nur stumm, völlig versteinert. Harter Brocken, seufzte Dirk innerlich. Wenn er wenigstens wieder heulen würde ... Er nickte dem Mann vom Jugendamt kurz zu. »Falls noch was ist: Wir sind im Revier. Das Vierzehnte.«

Der Mann winkte müde ab. »Alles Routine.«

Anna öffnete schon die Tür zum Gang, sie und Dirk verließen das Zimmer. Der Beamte tippte dem Jungen auf die Schulter. »Gut, Tim Virchow – dann wollen wir mal sehen, was ...«

Das Klingeln des Telefons auf dem Schreibtisch unterbrach ihn, er ging hin und hob den Hörer ab. »Ja? ... Herr Sundermann! Ja, der ist hier ... Moment, ich lege das Gespräch eben nach nebenan ...« Er drückte eine Taste am Telefon und gab Tim einen kurzen Wink: »Bin gleich wieder da, Junge!« Damit verschwand er im Nachbarbüro und zog die Zwischentür hinter sich zu. Sofort sprang Tim auf, peilte gespannt zur verschlossenen Tür und dann zum Telefon: Auf der Tastatur leuchtete hell eine beschriftete Taste – »Konferenz«.

Schon drückte der Junge die Konferenztaste, hob sachte den Hörer ab und lauschte der Stimme Olaf Sundermanns: »... das hat sogar die Polizei bestätigt. Der Junge lügt wie gedruckt! Was immer der von sich gibt – glauben Sie ihm gar nichts!«

»Danke für die Warnung, Herr Sundermann!« Das war der Mann vom Jugendamt. »Wir werden uns Maßnahmen überlegen müssen. Wenn sogar schon Sie nichts mehr mit dem Burschen zu tun haben wollen ...«

»Ich? Nie wieder!«, sagte Sundermann entschieden.

Geschockt ließ Tim den Hörer sinken, dann legte er ihn behutsam auf. Das war es also! Es gab kein Zurück mehr. Die Tür war zu ... Mit hängenden Schultern schlich er zu seinem Platz zurück, ohne sich jedoch hinzusetzen. Wohin? Er wusste es nicht. Nur so viel war ihm klar: Er musste weg hier! Kurzentschlossen griff er nach seiner Reisetasche und huschte hinaus. Kaum hatte sich die Tür hinter ihm geschlossen, öffnete sich die andere Tür zum Nachbarbüro, und der Mann vom Jugendamt kehrte zurück. »Nun zu ...« Verblüfft registrierte er den leeren Raum, dann zuckte er resigniert mit den Achseln.

»Alles Routine. Scheißjob.«

»Insgeheim gibt Rolf mir doch die Schuld daran, dass Krämer ihn vor allen Leuten bloßgestellt hat!« Dietmar Steiner saß verbittert an seinem Schreibtisch. Der Kaffee, den Lothar ihm mitleidig hingestellt hatte, war unberührt und längst kalt. »Und Krämer hat mich als Spion bezeichnet!«

»Und als Bullen-Bulette!«, fügte Lothar todernst hinzu.

Dietmar warf ihm einen scharfen Blick zu. »Haha, wie lustig! Willst du auch noch den anderen Spitznamen wissen, den er mir auf der Polizeischule verpasst hat? Bitte: Pudding in Uniform!«

»Ich mag Pudding!« Lothars Mundwinkel zuckten verdächtig.

»Ach, halt den Rand!« Dietmar sackte müde zusammen. »Der Punkt ist: Ich habe helfen wollen und dafür nur eins in die Fresse gekriegt. Aber bitte. Das soll mir eine Lehre sein. In Zukunft verbrenne ich mir nicht mehr die Finger, wenn es jemandem schlecht geht!«

Lothar musterte seinen Freund betroffen. Einen hartherzigen Dietmar konnte er sich gar nicht vorstellen. Der Dicke und sein goldenes Herz, das war der gute Geist des 14. Reviers. Und gleichermaßen der gute Geist in Lothars eigenem Leben: Ohne Dietmars uneigennützige und großzügige Hilfe hätte er vor noch gar nicht so langer Zeit seine Probleme mit Alkohol und zerrütteten Finanzen niemals bewältigt. Dietmar als Egoist? Bitte nicht!

»Kundschaft!«, blaffte ihn der Dicke jetzt an und riss Lothar derb aus allen Gedanken. »Du gehst!«

»Ist ja gut«, besänftigte Lothar ihn verstört und marschierte zum Tresen, wo ihn eine attraktive junge Frau mit weißblonden Haaren und freundlichem Lächeln erwartete.

»Hallo«, begrüßte sie den Polizisten. » Mein Name ist Naomi Seibert. Ich bin Schadensermittlerin in Diensten der Hanse-Versicherungsgesellschaft.«

Hoffentlich nicht die nächste Irre, betete Lothar. »Tag. Was kann ich für Sie tun?«

»Ich möchte Herrn Polizeiobermeister Matthies sprechen, bitte.«

Lothar zuckte bedauernd mit den Schultern. »Der ist leider unterwegs. Moment bitte ...« Er winkte einen Uniformierten heran, der gerade vorbeieilte. »Gleim, weißt du, wie lange Dirk und Anna noch brauchen?«

Der Angesprochene verharrte kurz. »Die sind schon auf dem Rückweg. Müssten gleich hier sein!« Er setzte seinen Weg fort, und Lothar nickte der jungen Frau zu. »Wenn Sie warten möchten? Im Vorraum sind ein paar Stühle!«

»Mach ich, danke!« Lothar sah ihr nach, wie sie den Wachraum verließ. Selbst wenn sie irre sein sollte, überlegte er – hübsch ist sie auf jeden Fall! Aber irre oder nicht, damit kann Matthies sich beschäftigen, sinnierte er weiter. Mein Problem ist Dietmar! Wie bringt man sein sonniges Gemüt wieder zum Strahlen? Eigentlich ist Heinz Krämer an allem schuld, dachte er. Einzig und allein Heinz Krämer, dieser geifernde Gruftgreis!

»Ich habe keinen Schimmer, wie diese Leute an mein Foto gekommen sind!« Hariklia Möller konnte sich immer noch nicht ganz über die wundersame Existenz ihrer »Kontaktanzeige« beruhigen. »Ich meine, da steht so was im Netz, und ich weiß nichts davon! Die könnten ja sonstwas behaupten – und mein Gesicht hängt darüber! Wir müssen die unbedingt erwischen!«

»Die kriegen wir«, beschwichtigte Henning seine aufgeregte Kollegin. Die Angelegenheit war natürlich wirklich hammerhart – aber jetzt, mit Harry an seiner Seite, machte die Arbeit wieder richtig Spaß! Auf dem Monitor blinkte jetzt ein kleines Brief-Symbol.

»Wir haben eine Antwort erhalten!«

Rasch beugte sich Harry über Hennings Schulter und las laut vom Monitor ab: »Lieber Henning, ich freue mich auf dich! Wir treffen uns morgen Abend beim ›Lonely Hearts Dance Club‹ in der Kasematte, Bernhard-Nocht-Straße ...«

»Das ist aber nett, dass du dich so auf mich freust!«, schmunzelte Henning.

»Ich kann's kaum erwarten!«, brummte Harry missmutig.

Er stand auf, ging zum Fenster und lehnte sich rücklings dagegen. »Also: Wer sich mit dir verabredet ...«

»Mit meinem *Foto* verabredet!«, korrigierte Harry.

»Wer sich von deinem süßen Internet-Ich ködern lässt ...« Harry streckte ihm die Zunge heraus, aber Henning fuhr unbeirrt fort. »... und ein Date verabredet, wird zu diesem Lonely-Hearts–Verein bestellt! Das war bei Krohn so, und jetzt auch bei mir.«

Harry nickte nachdenklich und griff den Faden auf. »Es liegt nahe, dass jemand vom Club diesen Betrug einfädelt!«

»Vielleicht der oder die Veranstalter.«

»Dann haben wir beide morgen Abend nach der Schicht noch etwas vor! Du hast doch Zeit?«

Henning grinste. »Für dich und dein doppeltes Lottchen? Aber immer, Baby!«

Dirk parkte den 14/2 vor dem Eingang der Wache. »Selbst wenn Tim und sein Kumpel Dennis ein paar von den Klingel-Überfällen verübt haben – da bleiben noch genug Fälle aus der Serie übrig, bei denen die Täter ganz anders ausgesehen haben als die beiden!«

Anna nickte. »Stimmt! Vom Tisch ist die Angelegenheit noch lange nicht.«

Sie stiegen aus und betraten den Vorraum der Wache.

»Guten Tag! Sind Sie Dirk Matthies?« Eine weißblonde Frau erhob sich von einem der Wartestühle und trat ihnen entgegen.

Dirk stutzte. »Ja. Was gibt's?«, fragte er.

Sie reichte ihm die Hand. »Ich bin Naomi Seibert, Schadensermittlerin im Auftrag der Hanse-Versicherungsgesellschaft. Es geht um einen gemeldeten Verlust unserer Kundin Frau Vivian Thalbach.«

»Das Gemälde?«, hakte Dirk nach.

»Ja – könnte ich ein paar Minuten ungestört mit Ihnen sprechen?«

Ein hübsches Lächeln, bemerkte Dirk.

»Ich geh schon rein, Dirk!«, verabschiedete sich Anna.

Er nickte ihr zu und bat dann die Besucherin: »Kommen Sie! Wir gehen in den Besprechungsraum, da haben wir Ruhe.«

Er führte die Schadensermittlerin in das kleine Büro, das sonst vor allem für Einsatzbesprechungen genutzt wurde. Unter der großen Hamburg-Wandkarte nahmen sie Platz.

»Danke, dass Sie sich die Zeit nehmen«, eröffnete Naomi Seibert höflich und kam dann zur Sache. »Es geht in der Tat um das zerstörte Gauguin-Gemälde. Meine Gesellschaft deckt den Schaden mit 700.000 Euro – das ist auch für die Versicherung kein Pappenstiel.«

»Für Vivian Thalbach auch nicht«, gab Dirk zu bedenken. »Und um solche Risiken abzufedern, versichert man sich schließlich!«

Naomi Seibert lächelte unverbindlich. Knallharte Frau, dachte Dirk. Süß, aber knallhart. Mit verschränkten Armen folgte er ihren weiteren Ausführungen.

»Nach Auskunft Ihrer Kollegen von der Kripo war es die Schwester unserer Kundin, die das Kunstwerk verbrannt hat – eingeäschert, müsste man wohl eher sagen! Selbst im Polizeilabor konnte man außer einigen Rahmenresten kaum noch etwas davon rekonstruieren!«

»Das tut mir Leid«, bekundete Dirk. »Aber wie kann ich Ihnen nun konkret helfen?«

»Sie waren unmittelbar Zeuge der Tat?«

Ihre professionelle Ruhe reizte Dirk »Allerdings. Tüchtig, wie Sie ganz bestimmt sind, haben Sie wahrscheinlich Kommissar Marquards Protokoll vom Tathergang eingesehen.«

Sie verzog keine Miene. »Allerdings. Und tüchtig, wie ich ganz sicher bin, fiel mir auf, dass die drei letzten Menschen, die Gauguins ›Königin der Schönheit‹ in aller Pracht bewundern durften, die Versicherungsnehmerin, ihr Freund und ihre Schwester waren.«

In Dirks Augen begann es gefährlich zu funkeln. »Sie hängen sich ganz schön weit aus dem Fenster, Verehrteste!«

Sie hielt seinem Blick ungerührt stand. »Dann sieht man auch besser!«

Dirk stand auf. »Dann kommen Sie mal wieder, wenn Sie Beweise haben für das, was Sie zu sehen glauben!« Er trat zur Tür und öffnete sie auffordernd. »Und da es solche Beweise nicht geben kann, werden wir uns also kaum wieder begegnen!«

Naomi Seibert erhob sich ebenfalls. »Das wird sich zeigen.«

Immer noch unter Hochdruck stampfte Dirk in den Wachraum. So etwas hätte die Versicherung wohl gerne: Ein Betrugskomplott, damit sie sich vor der Zahlung drücken könnten! Wahrscheinlich würden sie mauern bis zuletzt, und Vivian müsste ewig auf ihr Geld warten. Vivian ...

»Dirk, da war so 'ne Versicherungstante für dich da«, hielt Lothar Krüger ihn plötzlich zurück. »Sie wartet im Vorraum.«

»Lass mich in Ruhe mit dieser Verrückten!«, schnaubte Dirk, schob den Kollegen beiseite und stampfte weiter.

Kiek an, dachte Lothar, war die Frau also doch irre! Heutzutage sieht man es den Leuten wirklich nicht mehr an ...

Anna sah dem zornigen Dirk erstaunt entgegen. »Ihr seid ja schnell fertig miteinander! Was wollte die Frau denn?«, fragte sie.

Dirk setzte sich und winkte ärgerlich ab. »Dummschwätzerei! Der Fall liegt klar auf der Hand, die Täterin ist geständig, aber die Versicherung mauert – passiert ja nicht zum ersten Mal, so was ...«

»Oh ja!« Anna nickte wissend. »Weißt du noch, mein Blechschaden vorletztes Jahr? Fünfzehn Monate hab ich auf die Regulierung gewartet.«

Dirk wies auf den Aktenstapel auf dem Schreibtisch. »Sind das alle Protokolle von den Klingelüberfällen?«

»Ja. Am besten, wir gehen alle systematisch durch und suchen nach roten Fäden.« Das Telefon unterbrach sie, Dirk nahm ab.

»14. Revier, Matthies ...« Er lauschte und verzog genervt das Gesicht. »Was? Oh Mann! Danke. Tschüs.« Er legte auf und fuhr sich resigniert mit der Hand übers Gesicht. »Tim Virchow ist aus dem Amt abgehauen. Verdammt, ich dachte, er hätte es kapiert.«

»Die Chance hatte er«, entgegnete Anna. »Wie du ihm vorhin im Café erklärt hast, welchen Schaden er mit seinen Taten angerichtet hat – das hat mich echt gerührt, weißt du.«

Dirk lächelte etwas verlegen. »Ihn scheinbar weniger.«

Sie sah ihn mitfühlend an. »Du musst es mir nicht sagen, Dirk, aber du hast mir noch gar nicht erzählt, wie du damals den Absprung geschafft hast bei eurem Autoteile-Klau. Erwischt hat dich doch keiner?«

»Erwischt nicht«, meinte er ausweichend. Doch er spürte, wie ihn ihre fragenden Blicke festnagelten. »Du willst es wirklich wissen, was?«

Sie nickte langsam, und er gab sich einen Ruck. »Wir hatten einen Nachbarssohn, Jonny hieß er, so um die zwanzig, noch in der Ausbildung. Die Familie besaß ebenso wenig Kohle wie fast alle anderen in unserer Gegend, aber der Junge hatte monatelang erst für seinen Führerschein geackert und dann für ein Auto. Zwei Jahre hat er gebraucht, mit Nebenjob, Nachtschichten und so, dann war er stolzer Besitzer eines eins A gebrauchten Ford mit Chromleisten, Zierfelgen und allem Tüddellüd ...«

»Und dann kam deine Gang ...«, ahnte Anna.

»Ich war nicht dabei. Aber ich hab am nächsten Morgen gesehen, wie der Bursche vor seinem aufgebockten Wagen stand – Reifen weg, Chromleisten ab ...« Dirk atmete tief durch. »Der Mann war fix und fertig, und ich auch. Das war's. Für immer.«

»War es diesmal anders, weil du das Opfer kanntest?«, fragte Anna.

Dirk überlegte nur kurz. »Nicht nur. Ich konnte plötzlich ganz genau den Schmerz fühlen, den dieser Mann spürte.« Er blätterte planlos in den Überfall-Protokollen. »Diese Jungs hier können nicht mitleiden! Und wer das nicht kann, kennt keine Gnade.«

Er schlug eine Akte auf vertiefte sich, scheinbar völlig konzentriert, in die Lektüre.

Anna konnte ihm trotzdem direkt ins Herz blicken.

Die Menschen warfen nervöse Blicke auf Wand- und Armbanduhren, beendeten hastig Telefonate und Konferenzen und fuhren die Computer herunter. Sie wünschten sich unverbindlich gegenseitig einen schönen Feierabend, stießen einander in überfüllten Liften kantige Aktenkoffer in die Lendenwirbel und reihten sich ein ins Verkehrschaos der Rushhour. Die Zukunft war ungewiss, doch alle hatten kleine Pläne. Blumen für Rosie, Kinokarten für die Jungs, das Essen im »El Toro«.

Der schmale Junge in der großen Lederjacke hatte keinen Plan. Das machte ihm keine Angst. Ungewissheit war bislang noch das beständigste Gefühl in seinem kurzen Leben gewesen. Es wäre auch nicht das erste Mal für ihn, die Nacht auf der Straße zu verbringen. Nur quälte ihn diesmal das unbestimmte Empfinden, etwas verloren zu haben. Dabei wusste er nicht einmal, was das eigentlich gewesen sein könnte.

Der Bulle ... dieser Matthies. Vielleicht könnte man einfach mit dem reden. Irgendwo, wo man gleich abhauen könnte, wenn man wollte. Ich warte versteckt vor der Wache, überlegte Tim. Entweder er kommt, oder er kommt nicht.

Dirk hängte seine Uniformjacke in den Umkleideschrank, schloss die Tür und trat hinaus in den Flur. Anna war schon fertig umgezogen.

»Du bist aber schnell, mien Deern«, zwinkerte Dirk. »Ist heute Abend schon wieder Sportfest mit Jörg?«

»Heute gehen wir essen!« Sie zwinkerte zurück. Auf dem Weg nach draußen erkundigte sie sich beiläufig: »Hast du endlich Vivian Thalbach erreichen können?«

Er schüttelte den Kopf. »Absolute Funkstille.«

Sie streifte ihn mit einem mitleidigen Seitenblick. »Das wird schon ...«

Er grinste schief. »Bis morgen, Anna.«

»Tschüs, Dirk.«

Tim peilte hinter einem geparkten Lieferwagen zur Wache hinüber. Da – das ist er, dieser Matthies! Die andere ist seine Kollegin. Hoffentlich gehen die nicht zusammen nach Hause ... Aber nein, die blonde Polizistin wandte sich jetzt ab und stieg in einen roten Kleinwagen. Matthies blieb noch unschlüssig stehen, dann fuhr die Kollegin aus der Parklücke, winkte kurz und verschwand. Jetzt, dachte Tim. Gerade wollte er seine Deckung verlassen, da trat eine andere Frau zu dem Polizisten. Sie standen ganz nah beieinander und redeten. Dann zeigte die Frau auf einen Mercedes-Oldtimer, sie gingen beide hin und stiegen in den Wagen. Dann eben nicht, dachte Tim und zog sich zurück. War sowieso 'ne blöde Idee, mit 'nem Bullen quatschen zu wollen.

»Ich hab den ganzen Tag versucht, dich zu erreichen, Vivian.« Sie saßen sich im Wagen gegenüber wie Duellanten, jeder mit dem Rücken zur Tür, die Gesichter blass erleuchtet von der Leuchtschrift der Revierwache.

»Ich weiß«, entgegnete Vivian. »Ich hatte viel zu tun, musste mit der Versicherung reden und mit Alexandra ...«

»Wie geht es ihr? Wo ist sie?«, erkundigte sich Dirk.

»Sie ist in einer Privatklinik – unter Aufsicht eines Arztes, den wir kennen. Sie hatte einen Nervenzusammenbruch.«

Dirk beobachtete, wie sich ihre Lippen aufeinander pressten. Voll unter Druck, dachte er mitleidig. »Warum hat sie das Bild verbrannt, Vivian? Hast du mit ihr darüber reden können?«

Ihre grauen Augen verschleierten sich. »Es war ... wegen mir.«

Dirk nickte unbestimmt – Vivian registrierte die Geste und setzte aggressiv nach. »Alexandra sagte, ich solle *dich* fragen, Dirk. Du hättest gleich gewusst, weshalb sie es getan hat!«

Er blieb stumm, sie beugte sich vor und funkelte ihn an. »Neben Vivian bleibt nicht viel Luft zum Atmen – das hast du angeblich gesagt! Stimmt das?«

»Für deine kleine Schwester bleibt neben dir nicht viel Luft«, relativierte Dirk ruhig. »So habe ich das gemeint.«

Sie lehnte sich wieder zurück und seufzte verzweifelt. »Anscheinend kennst du mich besser als ich mich selbst!«

Dirk lachte bitter. »Du bist wahrscheinlich meistens viel zu beschäftigt, als dich um dich selbst zu kümmern!«

Sie wischte sich fahrig eine Haarsträhne aus der Stirn. »Alexandra war so verzweifelt! Ich wäre immer schon am Ziel gewesen, bevor sie überhaupt wusste, wo sie eigentlich hinwollte. Das sei immer so gewesen ...«

»Weißt du noch, was mir als Erstes zu ihr einfiel, als ihr neulich bei mir auf der Wache aufgetaucht seid?«

»Die lütte Schwester«, sagte sie leise.

Dirk nickte. »Vivians lütte Schwester! Mehr ist sie offenbar nie gewesen – nicht nur für mich, sondern auch für sich selbst.«

Sie ließ den Kopf hängen, die dunklen Haare verbargen ihr Gesicht. »Bevor die Beruhigungsmittel wirkten, hat sie mir alles erzählt. Wie sie gelitten hat, weil sie mir den Erfolg neidet – ich bin doch ihre große Schwester! Und wir stehen uns eigentlich wirklich nahe, Dirk, das kannst du mir glauben!« Sie warf den Kopf in den Nacken und sah ihn beschwörend an. »Alexandra wollte mir nicht wirklich etwas tun. Sie wollte mir so etwas wie einen Denkzettel verpassen, mich einmal gründlich verunsichern und aus der Fassung bringen ...«

»Und dafür sucht sie sich ausgerechnet ein Gemälde im Wert von 700.000 Euro aus?«, fragte Dirk zweifelnd.

»Das Geld spielt dabei gar keine Rolle!«, erwiderte Vivian. Es ist nun mal so, dass mein Herz an bestimmten Gegenständen hängt.«

»Mehr als an Menschen?« Diese Bemerkung konnte sich Dirk nicht verkneifen. Prompt handelte er sich einen scharfen Blick ein.

»Manche Dinge, wie zum Beispiel bestimmte Kunstwerke, verinnerlichen Geist, Kraft und Schönheit. Diese Eigenschaften besitzen sie für immer, in jedem Moment ihrer Existenz. Du kannst nachts das Licht anknipsen und stehst vor der Vollkommenheit!«

Oder du knipst das Licht an und stehst vor einem Haufen Asche, dachte Dirk. »Es scheint, als hätte Alexandra deinen wunden Punkt zielgenau getroffen!«

»Das hat sie«, nickte Vivian. Dann begannen ihre Schultern zu beben. »Verdammt, Dirk ...« Er rutschte zu ihr heran und schloss sie fest in den Arm. Sie kuschelte sich bei ihm ein, schniefte kurz und fing sich wieder. »Es ist nicht bloß das Bild, das ich verloren habe. Ich habe die Kontrolle über mein Leben verloren. Dass ich nicht bemerkt habe, was in meiner Schwester vorgeht ...«

Er drückte sie tröstend. »Sie hätte ja auch ihre Probleme sensibler signalisieren können, als ausgerechnet deinen Gauguin abzufackeln! Komm, wir trinken irgendwo etwas und ...«

»Nein, Dirk.« Sie rückte entschlossen von ihm ab. »Ich kann nicht!«

»Warum bist du dann gekommen?«, fragte er enttäuscht.

»Ich wollte dir nicht am Telefon sagen, dass ... dass ich ein bisschen Zeit für mich brauche. Meine Welt neu ordnen. Mich um Alexandra kümmern. Bitte, Dirk, versteh das ...«

Er sah sie traurig an. »Muss ich ja wohl.«

»Ich melde mich. Danke für alles.« Sie beugte sich rasch vor, drückte ihm einen Kuss auf die Lippen, raffte ihren Mantel zusammen und sprang aus dem Wagen. Dirk saß wie versteinert da. Die Welt neu ordnen. Das mach ich täglich, fuhr es ihm durch den Sinn.

Big Harry schob ungefragt einen dampfenden Espresso über die vernarbte Theke. Dirk zog fragend die Brauen hoch. »Hab ich den bestellt?«

»Nee. Aber nötig.«

Als Arzt hätte der Mann längst Guru-Status, schätzte Dirk. Aber als Wirt ist er auch nicht übel. Er trank einen kleinen Schluck und verbrannte sich prompt die Zunge. Wenigstens fühlte er überhaupt noch etwas.

»Siehst müde aus«, stellte Big Harry besorgt fest. »Die Frau von vorgestern?«

Dirk zuckte nur unbestimmt mit den Achseln. Der massige Wirt schnaufte verächtlich. »Hast Probleme mit ihr, ja? Hätte ich dir gleich sagen können. Aber auf mich hört ja keiner.« Er wollte sich schon anderen Gästen zuwenden, da hielt der Polizist ihn zurück. »Moment mal, was hättest du mir gleich sagen können?«

»So eine Frau passt nicht zu dir, Matthies!«

»Und warum nicht, Doktor Allwissend?«

»Ich bilde mir nicht ein, allwissend zu sein, du Superbulle!« Big Harry beugte sich ernst zu ihm herüber. »Aber in einer Kneipe lernt man zwangsläufig eine Menge über

Menschen. Und deine Begleiterin von neulich – das ist eine Frau, die immer noch im Kaschmirmantel rumläuft, wenn sich alle anderen längst das letzte Hemd teilen!«

Dirk starrte den Wirt betroffen an, dann schüttelte er den Kopf. »Ich hab keine Probleme! Bloß Hunger. Kannst mir zwei kalte Frikadellen geben.«

Wortlos stellte Big Harry dem Polizisten einen Teller mit dem Gewünschten hin und ging an das andere Ende der Theke. Schon legte sich eine gierige Hand um den ersten Fleischklops.

»Mmh, lecker!« Achim Reiter drängte sich auf den Hocker neben Dirk und ließ es sich schmecken.

»Titten-Achim!«, schmunzelte Dirk. »Treibt dich wieder der gesunde Kunstverstand in die Kneipe?«

Reiter schluckte seinen Bissen hinunter und blinzelte vergnügt. »Nö. Heute bin ich in Sachen Mundraub unterwegs!«

»Guten Appetit.«

»Außerdem gibt es gar keinen *gesunden* Kunstverstand! Höchstens gesundes Essen«, versetzte der Maler und nahm wieder einen Bissen.

»Kunstwerke verinnerlichen Geist, Kraft und Schönheit!«, behauptete Dirk. »Und zwar für immer! Du kannst vor einem Kunstwerk nachts das Licht anknipsen und stehst vor der Vollkommenheit!«

Reiter kaute und leckte sich genießerisch die Lippen. »Ja ja. Versuch das mal bei einer Frau.«

Dirk lachte hell auf. »Kein Wunder, dass sich deine Frauen immer von dir scheiden lassen!«

»Auf die Art und Weise habe ich mehr vom Leben. Nichts ist für die Ewigkeit, Schönheit schon gar nicht. Nicht mal bei Kunstwerken – die unterliegen auch der Mode, wie du neulich in der Galerie feststellen durftest!«

Nichts ist für die Ewigkeit ... »Ich hab letzte Nacht miterlebt, wie ein 700.000-Euro-Gemälde von Gauguin verbrannt ist«, berichtete Dirk nachdenklich.

Reiter verzog das Gesicht und rümpfte abfällig die Nase. »Paul Gauguin? Hatte Syphilis, der Mann. Pfiff auf dem letzten Loch, gesundheitlich wie finanziell, und hing dabei auf irgendwelchen elenden Südsee-Inseln ab.«

»Ach ja?«

Reiter nickte und redete sich jetzt richtig warm. »Aus Frust hat er sich die Gegend schöngemalt und fleißig Bilder von bräge unter Palmen herumlungernden Topless-Tussies im Hularöckchen heim nach Paris geschickt! Und die Leute da zu Hause dachten: Hey, das ist das wahre Paradies auf Erden! Faulenzen, vögeln und abends 'ne Kokosnuss vom Baum schütteln! Tja, so wurde der Mann schon zu Lebzeiten zum Mythos.«

»Ist doch in Ordnung«, fand Dirk.

Reiter knallte aufgebracht seine Faust auf die Theke. »Nein, ist es nicht, Dirk! Das ist Beschiss!«

»Wieso?«

»Als es Gauguin zum Schluss richtig dreckig ging, wollte er nur noch nach Paris zurück, nach Hause. Aber sein Agent riet ihm dringend davon ab!«

»Warum denn?«

»Dann hätte jeder gesehen, welches Wrack dieser Maler war! Vom Mythos des hehren Künstlers unter edlen Wilden wäre nicht viel übrig geblieben. Der ganze Südsee-Zauber wäre geplatzt! Und das wiederum, mein Lieber«, er tippte Dirk bedeutungsvoll auf die Schulter, »das wäre verdammt tödlich für das gute Geschäft mit den Bildern gewesen!«

Er vertilgte wütend den Rest der Frikadelle.

»Von wegen, Bilder sind ehrlich!«, wunderte sich Dirk.

Der Maler lachte höhnisch auf. »Ja, von wegen! Ich sag

dir was: Es gibt vielleicht überhaupt nur *eine* Regel in der Malerei: Wenn man anfängt, ein Bild zu malen, ist schon nichts mehr so, wie es in Wirklichkeit ist! Kunst ist höchstens zur Hälfte Genie – der Rest ist Schwindel!«

»Du kennst dich ja gut aus«, meinte Dirk nachdenklich.

»Ich habe Kunst studiert«, schnaubte Reiter. »Damals nach dem Krieg. Mit höchsten Ansprüchen und großen Plänen!«

Dirk warf ihm einen neugierigen Blick zu. »Was ist dazwischen gekommen?«

»Es kommt *immer* etwas dazwischen.« Reiter grinste bitter und langte nach der zweiten Frikadelle – da kam ihm Dirk zuvor und schnappte sich den Klops als Erster.

»Wie wahr, Achim!«

Das fahle Mondlicht fiel in hellen Streifen durch die nicht ganz geschlossene Jalousie und legte ein Zebramuster über die geweißte Raufasertapete. Sieht aus wie eingezäunt, dachte Rolf Bogner. Hinter Gittern. Knast lässt grüßen. Neben ihm schlummerte Ilse, seine Frau. Aber er lag wach, und das seit Stunden. Beileibe nicht zum ersten Mal. Schlaflose Nächte gab es für Bogner öfter, seit er Chef des 14. Reviers war. Er nahm jede Verantwortung sehr ernst. Nicht zuletzt vielleicht auch wegen meiner schlechten Erfahrungen mit dem alten Krämer, ging ihm jetzt durch den Kopf. Der Alte hat seine Befugnisse oft genug missbraucht, damals in seiner aktiven Zeit! Sich selbst sah Rolf Bogner viel mehr als Teamspieler – das wäre dem Alten nie eingefallen ...

Aber heute hatte er versagt, das gestand sich Bogner in dieser stillen Stunde ganz klar ein. Einmal, nur ein einziges Mal hatte er versucht, eine unangenehme Angelegenheit einfach ohne Erklärung auf einen Untergebenen abzuwälzen – seine Chefrolle auszunutzen und Dietmar kommentarlos den schwarzen Peter der Krämer'schen Jubiläums-Einladung zuzuspielen. Das war gründlich daneben gegangen. Man soll nicht aus seiner Haut, gestand er sich ein. Ich nicht und Dietmar auch nicht. Und ich habe Dietmar auch noch angegiftet – nur weil er sich so verhalten hat, wie man es von einem durch und durch anständigen Menschen wie ihm erwarten muss!

Er wälzte sich auf die andere Seite und starrte ins Mondlicht. Der alte Heinz Krämer konnte auch nicht aus seiner Haut. Und wer weiß schon noch, wer bei allen Querelen mit dem Alten damals immer Recht oder Unrecht hatte! Das lag alles schon mehr als ein Vierteljahrhundert zurück ... Das war längst Geschichte. So wie er auch irgendwann Geschichte sein würde – vielleicht bald schon. Wie Dietmar gesagt hatte: Sein Büro war mal Krämers Büro gewesen. Und nach ihm käme ein anderer ... Das geht völlig in Ordnung, grübelte er. Ich bin ein Teamspieler. Meine Mannschaft ist die Polizei. Und Krämer mag ein Arschloch sein, aber er ist Polizist. Sie alle waren Polizisten. Ich muss das in Ordnung bringen, beschloss Bogner. Morgen.

Das helle Mondlicht ließ Lothar Krüger blinzeln. Licht aus, dachte er verschlafen. Mitten in der Nacht. Frechheit. Dann war er wach. Wenn ich sowieso wach bin, kann ich auch gleich pinkeln gehen, überlegte er und tat es. Und beim anschließenden Händewaschen kam ihm der Gedanke: Wenn ich sowieso schon auf bin, kann ich auch einen Happen von dieser leckeren Salami im Kühlschrank essen! Logische Konsequenz. Jedenfalls für Lothar.

In stiller Vorfreude tappte er in die Küche und betätigte den Lichtschalter.

»Licht aus!«, knurrte Dietmar. Vor Schreck gehorchte

Lothar aufs Wort. Der Dicke saß vor dem Fenster und starrte unbewegt hinaus in den mondhellen Garten.

»Was machst du denn hier?«, entfuhr es Lothar verblüfft.

»Meine Sache!«, kam es grimmig zurück.

»Dietmar …« Langsam erholte sich Lothar vom Schock. »Warum hockst du hier im Dunkeln rum? Immer noch wegen dem Alten?«

»Geht dich nichts an!«

Lothar beherrschte sich und versuchte es noch einmal ganz milde. »Geh schlafen und wir reden morgen über den ganzen Schiet, ja?«

Endlich drehte sich Dietmar zu ihm um. »Du ziehst jetzt gefälligst Leine und lässt mich in Ruhe, klar?«

Verstört fand sich Lothar auf der Treppe wieder. Der war ja völlig aus dem Ruder, der Dicke! Er zog sich eilig in sein Zimmer zurück, stieg ins Bett und zog sich die Decke über den Kopf. So geht das nicht weiter, dachte Lothar. Das bringe ich in Ordnung. Gleich Morgen. Und die blöde Salami hab ich vor Schreck auch vergessen.

Die kleine Feuerzeugflamme leckte an einem speckig feuchten Fetzen Zeitungspapier und färbte die Ränder der Schlagzeile braun. »Sturmkrise bei St. Pauli« las Tim noch, dann brach die Flamme durch, loderte hell auf und fraß die Buchstaben zusammen mit dem Papier. Der FC St. Pauli. Normalerweise müsste mich das wohl interessieren, dachte er. Fast alle Jungs interessierten sich doch für Fußball. Er nicht. Eigentlich interessierte ihn gar nichts. Und wenn er mal um sich trat, dann ging es ums Überleben und nicht darum, einen Ball durch die Gegend zu kicken.

Er legte etwas Papier nach. Ein paar Zeitungen brauchte er zum Zudecken, aber ein bisschen was könnte er wohl noch abfackeln. Es gab kein Licht im alten Tunnel, und zwischen den Gleisen huschten fette Ratten. Der Tunnel verlief durch den Elbhang, direkt vom Ufer aus unter dem Altonaer Balkon hindurch zum Bahnhof hin. Züge fuhren hier schon lange nicht mehr. Tim kannte den Platz, er hatte hier früher schon mal einige Nächte verbracht, zusammen mit zwei alten Pennern. Die hatten ihm erzählt, dass vor vielen Jahren kleine Dampflokomotiven die Güterwagen mit Fisch durch die Steinröhre gezogen hatten. Schellfischbahn, fiel ihm jetzt wieder ein. So hatten die Alten die Bahn genannt.

So eine kleine Eisenbahn hätte er schon gern. Es gab Modelle, die sahen täuschend echt aus! Als er mal mit Dennis und den anderen Jungs an der Mönkebergstraße bei Karstadt in der Spielzeugabteilung gewesen war, hatte er glatt eine Stunde vor der großen Modellbahnanlage verbracht: Da gab es Güterzüge, Personenverkehr, Nebenstrecken, elektrische Schranken, Stellwerke. Ein komplettes Gebirge mit Wasserfall. Eine Blumenwiese und einen See, sogar mit einem richtigen Badestrand. Im Wasser spielten Kinder. Ein Bauer stellte Milchkannen auf einen Pferdewagen, die Dorffeuerwehr putzte gerade ihre Einsatzfahrzeuge. Und daneben war gleich die Stadt, mit winzigen Straßenlaternen, Telefonzellen, Ampeln und Autobussen. Der Zug zog unermüdlich seinen Kreis, mit hellen Stirnlampen und roten Schlussleuchten, durch Berg und Tal. Die Schranken schlossen sich immer rechtzeitig zur Durchfahrt, und die Waggons stoppten jedes Mal exakt an der Bahnsteigkante vor der Frau mit dem Kinderwagen und dem Jungen in der großen Lederjacke. Das war Tim. Er brauchte nur einsteigen und mitfahren in diese perfekte, heile Welt, in der das Leben immer schön war, solange der Strom reichte. Aber der Junge stieg nicht ein. Ebenso wenig die Frau mit dem Kinderwagen oder der

Mann am Kiosk. Sie blieben alle auf ewig an dem Platz, auf den sie ein höherer Wille und ein Tropfen Alleskleber gebannt hatte.

Dennis und die anderen hatten ihn ausgelacht, weil Tim überhaupt nicht von der Anlage wegwollte. Spielt noch mit 'ner Eisenbahn, hatten sie gehöhnt. Dabei wollte er gar nicht damit spielen. Er wollte darin leben. »Klau dir doch eine«, hatte Dennis vorgeschlagen. Klauen wäre für Tim kein Problem gewesen. Es gab für ihn bloß nie einen Ort, wo er die Bahn hätte aufbauen können.

Für ihn war der Zug abgefahren.

Dietmar Steiner war gerade auf dem Weg in die Wache, als Anna Bergmann ihren roten Stadtflitzer vor der Tür einparkte. »Moin, Dietmar!« Sie strahlte ihren Kollegen aus dem heruntergekurbelten Seitenfenster derart an, dass er trotz seiner miesen Laune gar nicht anders konnte, als zurückzulächeln.

»Hallo Anna«, begrüßte er sie.

Sie stieg aus und trat zu ihm. »Wo ist Lothar?«

»Keine Ahnung.«

Sie stutzte. »Wie? Hat er frei? Ihr kommt doch sonst zusammen!«

Dietmar zuckte mit den Achseln. »Normalerweise schon. Aber heute lag auf dem Küchentisch nur ein Zettel, er sei schon ohne mich los, weil er noch etwas erledigen müsste – er käme dann etwas später zum Dienst!« Sie durchquerten gemeinsam den Vorraum. »Kann er ruhig machen. Überstunden hat er ja genug.«

Anna sah ihn forschend von der Seite an. »Kommt dir das nicht komisch vor?«

Dietmar schüttelte resigniert den Kopf. »Ich finde gar nichts mehr komisch, Anna.«

»Na na ...« Sie klopfte ihm ermutigend auf die Schulter, dann traten sie in den großen Wachraum, von dessen hinterem Ende Dirk seiner Kollegin grüßend zuwinkte. Anna winkte kurz zurück.

»Schlechte Laune geht immer irgendwann vorbei«, sagte sie. »Das ist ein Naturgesetz, Dietmar – vor allem, wenn man fest daran glaubt!« Damit ließ sie ihn stehen und gesellte sich zu Dirk an den Schreibtisch. Dietmar sah ihr trübe nach – da knallte plötzlich geräuschvoll die Tür zum Seitenflur auf, und ein strahlender Henning Schulz platzte in den Raum: »Trara! Auf zum fröhlichen Jagen!«

»Pass doch auf! Bist du bescheuert?«, holzte Dietmar, den nur ein reaktionsschneller Seitenschritt vor einer Beule bewahrt hatte.

»Keineswegs«, verkündete Henning, unbeirrt strahlend, während hinter ihm jetzt auch Hariklia Möller auftauchte. »Nur gut gelaunt!«

»Gute Laune geht immer irgendwann vorbei!«, fauchte Dietmar. »Das ist ein Naturgesetz!« Er verzog sich hinter den Tresen, ohne die verblüfften Zivilfahnder noch eines weiteren Blickes zu würdigen.

»Voll Panne, der Dicke!«, staunte Henning.

»Du warst die letzten Tage auch nicht besser drauf«, gab Harry zu bedenken und schob ihn zur Tür hinaus.

Dirk Matthies hatte sich bereits wieder in die Klingelgangster-Protokolle vertieft. »Rolf wird schon langsam sauer, weil wir in dieser Sache nicht richtig weiterkommen«, empfing er Anna. »Nicht dass mir sein Gezeter etwas ausmachen würde – der Mann ist seit gestern sowieso noch unerträglicher als sonst schon!«

Anna nahm Platz und zog sich einen Aktenhefter vom Stapel. »Das scheint ein Virus zu sein! Dietmar ist auch infiziert!«

Wie aufs Stichwort tauchte der Erwähnte in diesem Moment neben ihrem Schreibtisch auf. »Für dich, Dirk. Kam eben mit der Post.« Er ließ einen großen Briefumschlag vor ihm auf die Tischplatte fallen und ging schon wieder. Dirk nahm den Brief und las den Absender. »Hanse-Versicherungsgesellschaft! Halleluja, bestimmt von dieser irren Schadensermittlerin.« Er schlitzte den Umschlag auf. Neben einem leeren Formular und einem kurzen Anschreiben fiel ein großformatiges Hochglanzfoto heraus.

Anna griff sofort danach. »Ist das ein Foto von dem Gemälde – als es noch nicht zerstört war, meine ich?«, fragte sie.

Dirk nickte nur und vertiefte sich in das Anschreiben. Es stammte tatsächlich von Naomi Seibert: Kühl und sachlich bat sie ihn mit knappen Worten darum, gemäß irgendwelcher Paragraphen des einschlägigen Versicherungsgesetzes seine Zeugenaussage bezüglich des anliegenden Schadensfalles form- und fristgerecht schriftlich zu fixieren. »Bei dem beschädigten Objekt – siehe beiliegendes Foto – handelt es sich um ein Aquarell des Malers ... bla, bla, bla ...«, machte Dirk und feuerte das Schreiben gelangweilt in eine Ablage. »Beschädigt ist die Untertreibung des Jahres! Totalschaden wäre angemessener formuliert!«

»Da steht irgendetwas unten auf dem Bild geschrieben«, stellte Anna fest, die immer noch interessiert das Foto studierte.

Dirk blätterte schon wieder in einem Protokoll. »Te Arii Vahine«, brummte er beiläufig.

»Und was soll das heißen, bitte?«

»Die Königin der Schönheit. Oder so sinngemäß. Auf südseeinsulanisch.«

»Allerhand«, staunte Anna. »Du hast dir diese Inschrift

gemerkt? Du hast das Foto doch noch gar nicht angesehen?«

Dirk zuckte mit den Achseln. »Ich kenne ja das Original. Manchen Quatsch merkt man sich eben! Aber frag mich bloß nicht nach der PIN-Nummer meines Girokontos – die vergesse ich dauernd!«

»Die Königin der Schönheit«, schwärmte Anna, ganz in der Betrachtung des Fotos versunken. »Eine paradiesische Szene ...«

»Die Frau hat Syphilis, und die Kokosnüsse sind verdorrt«, behauptete Dirk nachdrücklich. »Alles Beschiss!«

Im Treppenhaus roch es nach Vorgestern und Kohlsuppe. Vielleicht war es auch eine Kohlsuppe von vorgestern, überlegte Lothar Krüger, als er die gewundene dunkle Treppe des schäbigen Altbau-Mietshauses hinaufstieg. So wohnt also ein Ex-Revierleiter. Da mochte man sich lieber nicht ausrechnen, für welche bescheidenen Wohnverhältnisse *seine* Rente dereinst mal ausreichen würde ...

Heinz Krämer öffnete seine Wohnungstür nur einen Spaltbreit, mit vorgelegter Sicherheitskette. »Was wollen Sie? Ich kenne Sie nicht!«

»Tag, Herr Krämer«, begann Lothar geduldig. »Wir haben uns erst gestern kennen gelernt! Aber da trug ich meine Uniform. Lothar Krüger, Polizeiobermeister.«

Der Alte blinzelte, dann schaltete er. »Vom Vierzehnten! Verdammter Spitzel!«, schrie er aufgebracht und wollte die Tür zuknallen, aber Lothar blockierte den Spalt blitzschnell mit seinem Fuß. In diesem Moment öffnete sich die Tür zur Nachbarwohnung, und ein Greis mit Gehhilfe tappte neugierig ins Treppenhaus.

»Tach, Krämer. Stecken sie dich endlich ins Heim?« Zittrig grinste der Greis zu ihnen herüber.

Lothar fuhr den alten Polizisten an: »Lassen Sie mich

jetzt rein, oder geben wir der holden Nachbarschaft eine Gratisvorstellung?« Er zog seinen Fuß zurück. Krämer funkelte ihn grimmig an, dann schloss er die Tür. Sekunden später hörte Lothar die Sicherheitskette rasseln.

»Na los!«, fauchte der Alte ihn an und winkte Lothar durch in ein kleines Wohnzimmer, dessen Wände übersät waren mit Fotografien in billigen Wechselrahmen. Einsatzfotos, erkannte Lothar sofort – die Flutkatastrophe, der Schah in Hamburg, Demo vor dem Springer-Haus. Krämer als Zweiter von rechts neben Bürgermeister Weichmann, Krämer in der dritten Reihe hinter einer jugendlich lächelnden Queen Elisabeth, Krämer beim männlich-herben Händedruck mit Helmut Schmidt. Der lebt in seinem eigenen Museum, dachte Lothar.

»Wenn Sie fertig sind mit Glotzen, sagen Sie endlich, was Sie von mir wollen!«, riss ihn der Alte barsch aus den Gedanken.

»Ich möchte Sie darum bitten«, begann Lothar vorsichtig, »sich bei meinem Kollegen Dietmar Steiner für die Szene gestern zu entschuldigen.«

»Entschuldigen? Bei der Bullen-Bulette?«, feixte Krämer ungläubig.

Lothar beherrschte sich mühsam. »Nennen Sie ihn nicht so! Dietmar ist ein ausgesprochen netter Mensch mit Takt und Gefühl – nur deshalb hat er Sie zum Frühstück auf die Wache eingeladen. Rolf Bogner wusste überhaupt nichts davon!«

»Dann ist Bogner weitaus unfähiger, als ich befürchtet habe!«, schnaubte Krämer und dozierte in scharfem Polizeischulton: »Ein Revierleiter hat *jederzeit* über die Vorgänge innerhalb seiner Wache und über alle Aktivitäten seiner Untergebenen im Bilde zu sein – sonst kann er keine Disziplin gewährleisten und ist eine Fehlbesetzung!«

Lothar starrte ihn fassungslos an. »Langsam verstehe ich völlig, dass keiner zu Ihrer Feier gekommen ist ...«

Krämer wurde wütend. »Die sind alle unfähig! Deshalb sind sie weggeblieben! Zu feige, sich alter Tugenden wie Gehorsam und Gerechtigkeit zu entsinnen! Wären sie zu mir gekommen, hätten sie sich wieder daran erinnern müssen!«

»Was hat es mit Gehorsam und Gerechtigkeit zu tun, wenn man einen Menschen Pudding in Uniform nennt und hinter jeder höflichen Einladung eine Verschwörung wittert?«, fragte Lothar.

»Was wissen Sie schon? Damit, dass Sie versuchen, sich vor Bogner und Steiner zu stellen, ändern Sie nichts an Tatsachen!«

»Sie begreifen gar nichts, Sie Fossil!« Lothar reichte es jetzt. »Das war wohl schon immer so. Deshalb haben Sie zwar eine Menge Fotos an der Wand, aber keine Freunde!«

»Wie reden Sie mit einem höheren Dienstgrad?«, herrschte ihn Krämer an.

Lothar winkte resigniert ab. »Stimmt, das hatte ich vergessen. Sie sind ja nur ein Dienstgrad! Ich hatte gehofft, ich kann hier mit einem Menschen reden.« Damit ließ er den Alten stehen und verließ eilig die Wohnung.

Auf dem Großneumarkt hörte man die Turmglocken der St. Michaeliskirche schlagen. Sie übertönten klar den Verkehrslärm der nahe gelegenen Ludwig-Erhardt-Straße, die eine sechsspurige Schneise aus rasendem Blech quer durch die Neustadt schlug. Ein Hauch von Frühling mischte sich unter den Smog der City, und auf kahlen Rasenflächen sprossen die ersten Krokusse. Henning Schulz atmete tief durch, öffnete verwegen die obersten Hemdknöpfe und erkundigte sich beiläufig: »Was ziehst du an heute Abend?«

Hariklia Möller sah überrascht zu ihm auf. »Wieso? Keine Ahnung, irgendwas.«

»Ich dachte, wenn wir schon mal zusammen tanzen gehen ...«

»Also ehrlich«, schmunzelte sie amüsiert. »Du benimmst dich, als hätten wir tatsächlich ein Rendezvous!«

»Man wird doch wohl noch träumen dürfen!«, schmollte Henning in übertrieben zerknirschter Manier, worauf Harry ihm lachend ihren Ellenbogen zwischen die Rippen stieß. »Aber nicht im Dienst!«

»Im Dienst darf man aber auch gar nichts!«, beschwerte er sich.

»Doch!« Harry wies hinüber zum kleinen Wochenmarkt, der auf dem Platz aufgebaut war. »Bratwurst darfst du!«

»Alles nur Ersatzbefriedigung!«, murrte Henning.

»Na gut.« Harry zuckte mit den Schultern. »Dann drehen wir erst die Runde durchs Viertel! Hier wurden letztens ein paar Autos geknackt und die Radios geklaut. Wenn wir ein paar Stunden Streife laufen und konzentriert die Augen offen halten ...«

Henning verzog das Gesicht. »Überredet. Doch erst die Bratwurst.«

»Der Reihe nach, Leute! Hier kommt jeder dran!«

Das ist ein Bombengeschäft, frohlockte Malte. Nicht so 'n Pillepallekram wie die Autoradios. In dieser Stadt gab es einfach zu viele Junkies und andere kaputte Typen, die Autoradios klauten und für fast gar nix weiterverscherbelten. Die Hehler lachten nur noch, wenn man mit solchem Kram zu ihnen kam. Malte rechnete sich nicht zu den kaputten Typen. Er hatte schließlich was in der Birne. Kutte vielleicht weniger, aber Kutte war sein Kumpel. Und weil Malte große Stücke auf sich hielt, war er schon vor langer

Zeit zu der Erkenntnis gekommen, dass es weit unter seiner Würde lag, sich für wenig Geld abzurackern. Arm zu sein lag natürlich erst recht weit unter seiner Würde. Damit stand er vor einem gewissen Problem – aber nicht mehr lange.

»Das große Geld verdient man am leichtesten als Künstler!«, hatte Malte seinem Kumpel eröffnet und Kuttes zaghaften Einwand, er könne leider überhaupt nicht singen, mit der Erläuterung seines neuesten Geniestreiches beiseite gewischt: Sie würden kein Geld klauen, sie würden es gewinnen! Völlig ohne Risiko und ohne mehr zu benötigen als drei Plastikbecher, eine Glasmurmel und einen Campingtisch. Illusionskünstler wären sie, erläuterte Malte. Eigentlich sei das nicht mal richtig kriminell – wir bieten eine Show, oder?

Heute war der Probelauf. Malte hatte sich für sein mobiles Casino einen Torweg in der Markusstraße ausgesucht. Hier kamen zwangsläufig massenhaft Schüler der nahe gelegenen Schule vorbei – ein ideales Testpublikum: neugierig, verspielt und mit Taschengeld ausgerüstet. Und falls einer Zicken machte, stand der muskulöse Kutte im Hintergrund bereit.

Der Plan ging voll auf, das bewies der Andrang im Torweg sehr eindrucksvoll. Einsatz fünf Euro, dann legte Malte, der Illusionskünstler, scheinbar die Murmel unter einen der drei Becher und ließ sie wild kreisen. Da die Murmel jedoch zuvor in Maltes Tasche verschwand und alle drei Becher leer waren, hatte der Kandidat keine Chance. Aber die hätte er beim Lotto auch nicht, fand Malte. Die Leute wollen doch beschissen werden. Schüler, ein paar neugierige Hausfrauen und Rentner – er hatte schon reichlich Kundschaft gehabt. Ab und zu ließ er mal jemanden gewinnen, dann versuchten sofort mindestens fünf andere, den vermeintlichen Coup zu wiederholen.

»Darf ich auch mal?«

Malte blickte auf und sah einen jungen, mittelgroßen Mann vor sich, der etwas einfältig grinste und auf den Resten einer Bratwurst mümmelte. Treudoof und willig, taxierte Malte und nickte. »Mit einem Fünfer bist du dabei!«

Henning Schulz verdrückte den letzten Bissen, dann zog er umständlich einen Schein aus der Brieftasche, faltete ihn säuberlich und legte ihn wortlos auf den Tisch. Siegessicher zog Malte seine Nummer ab, ließ die Becher kreisen und fragte endlich: »Und jetzt – wo ist die kostbare Kugel?«

Statt einer Antwort griff Henning zu und lupfte alle drei Becher gleichzeitig. »In deiner Tasche, du Windbeutel!«

»Ist ja 'n Ding!«

»Hammerhart!«

»Beschiss!«

Die paar Schüler, die sich noch im Torweg aufhielten, kamen murrend näher. Maltes Blick irrlichterte panisch umher. Mit den Kids werden wir fertig, dachte er, aber der Typ wirkt plötzlich gar nicht mehr einfältig! Wo bleibt meine Kavallerie?

Da stand der muskulöse Kutte schon dicht neben Henning und präsentierte ihm diskret ein Stück Eisenrohr. Malte frohlockte. »Neue Spielregel!«, raunzte er Henning an. »Du machst dich jetzt vom Acker!«

Plötzlich schob sich eine dunkellockige, zierliche Frau neben Kutte, strahlte ihn an und ließ bedeutsam ein paar Handschellen aufblitzen. »Um was für ein Spiel geht es denn?«, erkundigte sie sich höflich.

Henning grinste breit und zückte seinen Dienstausweis. »Räuber und Gendarm!«

Dirk wischte sich müde mit der Hand übers Gesicht und legte ein durchgelesenes Protokoll beiseite. Augenzeugenberichte waren ein Kapitel für sich. Als wäre es nicht schwer genug, brauchbare Hinweise zu finden, verwirrten viele Tatzeugen die Ermittlungen durch ihre Aussagen. Dabei waren die schlimmsten Spurenverwischer gar nicht mal die Leute, die gleich zugaben, unter dem Schock der Ereignisse wirklich nicht gesehen zu haben, ob der Täter nun blond oder braun war. Echte Indizienkiller waren die Vertreter der anderen Zeugensorte, die im Brustton der Überzeugung behaupteten: »Riesenkerl, Herr Wachtmeister, locker an die zwei Meter! Glatte Haare und trug Jeans!« Dann konnte man durchaus erleben, dass es sich in Wirklichkeit um eine durchschnittlich große Frau mit Locken und Röckchen gehandelt hatte.

Die Opfer der Klingelgangster waren ausnahmslos alte Leute gewesen. Etliche von ihnen hatten vermutlich ohnehin schon Schwierigkeiten mit dem Seh- und Hörvermögen. Ausnahmslos alle standen zum Zeitpunkt der Protokollaufnahme mehr oder weniger unter dem Schock, gemein bestohlen worden zu sein. Es wunderte Dirk daher kaum, dass Annas und seine angestrengte Suche nach einem roten Faden in dieser Sache noch nicht mehr erbracht hatte als die Tatsache, dass es sich bei allen Fällen um jugendliche Täter – eher noch um Kinder – handelte.

»Lies das mal!« Anna Bergmann warf ihm einen schmalen Hefter zu. Dirk fing ihn geschickt auf und begann zu lesen. Anna beobachtete ihn gespannt. »Die Täterbeschreibungen – klingelt da was?«

Dirk stutzte und blickte auf. »Die beiden Jungs, die gestern mit Tim und Dennis zusammen waren ...«

Sie nickte triumphierend. »... und die später in Sundermanns Wohnzimmer vor der Glotze abhingen, als wir das erste Mal mit ihm gesprochen haben!«

»Immer wieder Sundermann!« Dirk ließ nachdenklich den Hefter sinken.

»Wir sollten ihm mal ein paar Fragen stellen!«, bekräftigte Anna.

In diesem Moment klingelte vor ihnen auf dem Schreibtisch das Telefon – Dirk nahm den Anruf entgegen. »14. Revier, Polizeiobermeister Matthies ...«

»Hallo.« Eine leise, zaghafte Jungenstimme. Dirk erkannte sie sofort.

»Tim? Tim Virchow?« Er warf Anna einen bedeutsamen Blick zu und schaltete sachte einen Lautsprecher am Telefon an, so dass sie mithören konnte.

»Ich wollte gestern schon mit Ihnen reden. Aber da hat Ihre Freundin Sie von der Arbeit abgeholt«, sagte Tim.

Gestern Abend? Vivian. Der Junge musste ganz nah bei der Wache gewesen sein, verdammt! »Wo bist du, Tim? Wo wollen wir uns treffen?«

»Ich hau ganz ab, weg aus Hamburg ...«

»Mach keinen Unsinn, Junge!«, warnte ihn Dirk.

»Hören Sie gut zu, was ich Ihnen jetzt sage«, fuhr der Junge unbeirrt fort. »Das mit den Überfällen, das waren ich und Dennis und noch ein paar andere – aber die Idee war von Olaf Sundermann! Der kassiert das Meiste! Das können Sie mir glauben – oder eben nicht!«

Es klickte – Tim hatte aufgehängt! Anna langte schon nach ihrer Uniformjacke.

»Echt, Leute! Die Kids hätten ihr Taschengeld von uns wieder zurückgekriegt! Das war doch bloß 'ne Aufklärungskampagne! Wir sind so was wie Streetworker!«, erklärte Malte beschwörend.

Harry lenkte den zivilen Streifenwagen schwungvoll in eine freie Parklücke neben dem 14/2. »Und ich bin Mutter Theresa!«, höhnte sie. »Los, aussteigen!« Energisch schoben die Zivilfahnder die beiden Teenager zum Eingang der Wache.

»Ehrenwort!«, versuchte es Malte unermüdlich. »Wir sind unschuldig, zwei völlig unbeschriebene Blätter ...«

»Malte und Kutte! Was habt ihr jetzt wieder auf dem Kerbholz?« Eben verließen Dirk und Anna das Gebäude und liefen in die kleine Gruppe der Herankommenden. Ausgerechnet Matthies! Malte senkte deprimiert den Kopf. Neuerdings lief wirklich alles schief!

»Du kennst die Jungs? Die Früchtchen haben sich als Hütchentrickser betätigt!«, setzte Henning seine Kollegen ins Bild. »Allerdings ziemlich dilettantisch!«

»Dann reicht's allmählich für Hahnöfersand«, meinte Dirk.

»Jugendstrafvollzug?« Malte erbleichte, und Kutte schluckte schwer. »Wir sind unschuldig!«

»Ihr seid dämlich!« Dirk sah ihm scharf ins Gesicht. »Und Dummheit wird auch bestraft.«

Der Junge in der großen Lederjacke verließ die Telefonzelle und warf einen letzten Blick auf die zerknitterte und wieder glatt gestrichene Dienst-Visitenkarte von Dirk Matthies. Dann fetzte er sie entschlossen auseinander und ließ die Schnipsel in einen Papierkorb fallen. Abhaken. Nach vorne sehen, auch wenn da nur Nebel ist. Er schlenderte unentschlossen über den Spritzenplatz in Richtung Altonaer Bahnhof. Von da fuhren Züge überall hin. Er könnte sich ein Ticket kaufen, so weit sein Geld reichte. Und sähe es irgendwo so aus wie auf der Modelleisenbahn bei Karstadt, würde er einfach aussteigen ...

Hier links ging's ins »Mercado«. Da war er ein paar Mal mit den Jungs gewesen. Es hatte ihm gefallen – vor allem die vielen kleinen Buden in der Mitte, wo es nach allen möglichen Speisen duftete und man das Gefühl haben konnte, man wäre auf einer Piazza, irgendwo weit im Süden. Nicht, dass Tim jemals im Süden gewesen wäre. Eigentlich kannte er nur Hamburg. Einmal hatte ihn sein Onkel mit in den Heide-Park genommen. Später war der Onkel von der Polizei abgeholt worden. Es war aber auch gar nicht sein richtiger Onkel gewesen. Und eigentlich wollte er sich auch gar nicht an früher erinnern.

Plötzlich legte sich eine schmale Hand auf seine Schulter – Tim drehte sich um und erkannte seinen Freund Dennis. »Hey, Mann!«

»Wusste ich doch, dass ich dich hier in der Gegend finde, Alter!«, grinste Dennis breit.

Tim freute sich nur kurz. »Ich bleib aber nicht hier.«

Dennis nickte grimmig. »Olaf hat mich auch rausgeschmissen.«

»Echt?«

»Er braucht keine Typen, die sich erwischen lassen und ihm die Bullen anschleppen, sagt er. Wenn wir so blöd sind, ist das unser Problem!«

Tim schnaubte verächtlich. »Der wird sich noch wundern ...«

Dennis sah ihn verwundert an. »Wie meinst'n das?«

Tim blieb die Antwort schuldig, winkte nur nichts sagend ab und trottete weiter. Dennis setzte sich ebenfalls in Bewegung, hielt mit ihm Schritt und erkundigte sich neugierig: »Was willst du denn jetzt machen?«

»Weg«, blockte Tim einsilbig.

»Wohin denn?«

Der Junge in der großen Lederjacke zuckte unentschlossen mit den Achseln und ging weiter.

Dennis blieb an seiner Seite. »Ohne Kohle?«

Tim antwortete nicht. Sein Freund ließ nicht locker: »Ist doch Scheiße, ohne Kohle! Wollen wir nicht ...«

»Nein!« Tim schüttelte energisch den Kopf.

»Ich hab 'ne coole Idee, Alter! Echt easy! Ey, Mann!« Dennis blieb stehen und hielt Tim abrupt an der Schulter fest. »Ohne Moos kommst du *nirgendwohin* – das weißt du doch!«, beschwor er ihn. »Los, Timmie, nur dieses eine Mal noch ...«

Ihre Blicke bohrten sich ineinander. Tim leistete einen Augenblick lang innerlich Widerstand, dann ließ er resigniert die Schultern hängen. »Lass schon hören ...«

Dietmar Steiner nagte gerade gedankenverloren an einem Apfel, als Lothar den Wachraum betrat, still einen Schreibtisch weiter Platz nahm und einen Aktendeckel aufschlug, als sei er nur mal kurz draußen gewesen und nicht aus unerklärtem Grund eben erst zum Dienst erschienen. Der hat Nerven, dachte Dietmar und grüßte betont: »Guten Morgen – oder zutreffender: Mahlzeit!«

Lothar blickte nur trübe auf. »Moin, Dietmar.« Schon vergrub er sich wieder in der Akte.

Was ist denn mit dem los?, wunderte sich Dietmar. Völlig neben der Spur! Er legte den angebissenen Apfel weg. Insgeheim machte er sich schon den ganzen Morgen Vorwürfe. Er hatte sich nach dem Ärger mit Krämer unmöglich benommen, vor allem Lothar gegenüber. Der hatte ihn, als guter Freund und Kollege, doch nur trösten wollen! Dietmar wunderte sich selbst darüber, wie lange sein Groll angehalten hatte. Normalerweise ließ sein im Grunde auf Harmonie gepoltes Wesen jeden Zorn schnell verrauchen. Aber wenn es um Krämer ging, waren Ausnahmen eben schon immer die Regel gewesen ...

Der Dicke gab sich einen Ruck und ging zu Lothar hinüber. »Na? Wo warst du denn heute Morgen so dringend?«

»Meine Sache«, brummte Lothar, ohne aufzusehen.

»Bist du sauer, weil ich dich aus der Küche rausgeworfen habe?«, bohrte Dietmar geduldig nach.

»Geht dich nichts an!«

»Okay.« Dietmar lehnte sich gegen den Schreibtisch. »Dann hör mir jetzt mal gut zu: Ich entschuldige mich in aller Form bei dir für meine Gemeinheiten!«

»Okay«, meinte Lothar nicht gerade überschwänglich.

»Das ist alles Krämers Schuld«, rechtfertigte sich Dietmar weiter. »Der Alte hat es schon immer geschafft, aus jeder wohlgemeinten Absicht etwas Schlechtes zu machen! Natürlich tut mir der Kerl auch irgendwo Leid – aber er macht einen einfach fertig!«

»Weiß ich«, nickte Lothar langsam.

Dietmar reichte ihm die Hand. »Friede?«

»Friede.« Lothar schlug ein, sein Kollege atmete erleichtert auf.

»Und wo warst du nun heute Morgen?«

»Beim alten Krämer.«

»Bitte?« Dietmar fasste es nicht. »Was wolltest du da?«

»Ich wollte ihm alles erklären! Dass es *deine* Idee war, ihn zum Frühstück aufs Revier einzuladen. Dass Rolf Bogner überhaupt nichts damit zu tun hatte. Und vor allem wollte ich, dass er sich bei dir entschuldigt.«

»Oh Gott!«, entfuhr es Dietmar. »Das kann nicht gut gegangen sein!«

»Ist es auch nicht«, gab Lothar zu.

»Was hat er gesagt?«

»Die Bullen-Bulette hat er nicht zurückgenommen. Rolf ist, seiner Meinung nach, als Revierleiter eine Fehlbesetzung. Und nachdem ich ihn vorhin als Fossil ohne Freunde bezeichnet habe, wird er seine Ansichten in dieser Sache sicher nie mehr ändern!«

Dietmar starrte seinen Kollegen einen Moment lang sprachlos an, dann zuckten seine Mundwinkel. »Fossil ohne Freunde? Nicht schlecht, Herr Specht ...« Er grinste, Lothar kicherte, und schon einte sie befreites Gelächter.

»Am besten, wir vergessen den Alten!«, schlug Dietmar vor, als sie sich wieder halbwegs beruhigt hatten.

»Genau!«, stimmte Lothar zu. »Ab in die Gruft! Nie wieder Krämer!«

»Nie wieder Krämer!«, bekräftigte Dietmar.

Plötzlich stand Rolf Bogner hinter ihnen, ausgehbereit im Mantel.

»Ich bin kurz mal weg, Männer!«

»In Ordnung, Rolf«, nickte der Dicke. »Wo gehst du hin?«

»Ich gehe zu Krämer.«

Lothar und Dietmar wechselten einen erschrockenen Blick, doch Bogner achtete nicht darauf und fuhr etwas verlegen fort: »Du hattest Recht, Dietmar – der Alte geht mich noch was an!«

»Vielleicht täusche ich mich ja auch!«, erklärte Dietmar etwas lahm.

Bogner schüttelte den Kopf. »Zumindest muss ich es *versuchen,* ihm die Meinung auszureden, ich wolle ihm immer nur Schaden zufügen.«

»Schreib ihm einen Brief«, schlug Lothar vor.

»Das wäre doch eine Möglichkeit!«, pflichtete ihm sein Freund eifrig bei, aber Bogner wehrte ab.

»So etwas macht man unter Männern Auge in Auge miteinander aus! Wenn man einen Fehler gemacht hat, muss man dafür einstehen. Und ich habe einen Fehler gemacht – das hast du mir gestern deutlich zu verstehen gegeben, Dietmar! Bei Krämers Geburtstag hätte ich nicht kneifen dürfen. Das war schäbig.«

»Aber vielleicht –«

»Ich regele das jetzt. Ich grüß ihn von dir!« Schon strebte der Chef des 14. Reviers mit schweren Schritten zum Ausgang.

»Lieber nicht!«, seufzte Dietmar – doch Bogner war schon weg.

»Auge in Auge«, stöhnte Lothar ahnungsvoll. »Das geht voll ins Auge! Und am Ende kriege ich wieder die Schuld ...«

Der alte Mann setzte vorsichtig die Spitze seines Gehstocks auf eine trockene Fliese und tastete sich mit kleinen Schritten langsam an einer großen Pfütze vorbei. Früher hätte er einfach einen großen Satz gemacht und fertig. Und wenn er trotzdem hineingeplatscht wäre, hätte er sich bloß geschüttelt und gelacht. Würde er heute stürzen, bedeutete das höchstwahrscheinlich Gips und Krankenhaus. Altwerden ist nichts für Weicheier, dachte Heinz Krämer. Zum Glück hatte er sich auch nie für ein Weichei gehalten. Wer Schwäche zulässt, wird nie sein Ziel erreichen! So lautete seine Devise, einst wie jetzt. Daran hatte er sich neunzig Jahre lang gehalten. Das hat mir zur Ehre gereicht, erinnerte er sich stolz. »Krämer kann man überall einsetzen«, hatte ein Polizeipräsident mal über ihn gesagt, »der kehrt mit eisernem Besen, und dann herrscht Ruhe!«

Nun herrschte Ruhe. So viel Ruhe, dass man ihn vergessen hatte. An ihm lag das nicht. Er war so geblieben wie immer, und früher hatte man ihn sehr wohl geachtet! Es lag also ganz klar an der Zeit – und an den Menschen, die jetzt das Sagen hatten. Typen wie Bogner. Windelweiche Waschlappen wie Steiner. Dreiste Rotzlöffel wie dieser unverschämte Lothar Krüger! Krämer kochte vor Wut, als er an den Besuch Krügers vorhin zurückdachte. Ihm, Heinz Krämer, vorzuwerfen, er sei nur ein Dienstgrad und kein Mensch! Da kann man eigentlich ja nur lachen, dachte der Alte grimmig. Er hatte sein Leben dem Dienst gewidmet – dafür brauchte man mehr als nur einen Dienstgrad, das ging nicht ohne Herzblut!

Krämer atmete schwer. Der Weg durch die überfüllte Fußgängerzone war anstrengend für ihn. Ich hätte gar nicht aus dem Haus gehen sollen, überlegte er. Andererseits muss ich bei der Sparkasse dringend ein paar Überweisungen abgeben, und mein Haushaltsgeld kann ich auch gleich abholen. Das macht ja sonst keiner!

Und so war es immer gewesen. Freiwillig machte niemand etwas, jedenfalls nicht für ihn. Warum bloß war dieser Krüger vorhin zu ihm gekommen? Glaubte der tatsächlich, dass er, Heinz Krämer, sich bei der Bullen-Bulette entschuldigen müsste? Aberwitzig. Und trotzdem – dass sich der Kerl aus Freundschaft und Solidarität so für einen Kollegen in die Bresche warf, rief in Krämer neben Wut über diese Anmaßung noch ein ganz anderes Gefühl wach. So etwas wie Neid. So einen Kollegen, so einen Freund hatte ich nie, gestand er sich ungefähr eine Sekunde lang ein. Dann straffte Krämer sich, so gut es noch ging. Wer Schwäche zulässt, wird nie sein Ziel erreichen! Trotz seiner neunzig Jahre gestattete er sich keine Schwächen. Er hatte bloß keine Ziele mehr.

»Wir gehen ganz auf Nummer Sicher!«, erläuterte Dennis noch einmal seinen Plan. »Wir ziehen unser Ding diesmal nur ab, wenn wir schon vorher wissen, dass es sich auch richtig lohnt! Und diesmal ist alles für uns. Nur für uns beide!«

Tim nickte. Die Höhe ihrer Beute war sonst tatsächlich vorher immer ein großes Fragezeichen gewesen, wenn sie bei irgendeiner alten Oma oder einem greisen Knacker geklingelt hatten. Man konnte nie wissen, ob da nur noch ein paar trübe Cent in der Brieftasche dümpelten oder ob im Schrank ein fetter Sparstrumpf lag. So gesehen hatte Dennis' Plan wirklich einiges für sich: Vor einer belebten Sparkasse Posten beziehen und diskret belauern, wer sich ein möglichst dickes Bündel Scheine abholte. Da weiß man, was man kriegt. Und dann nichts wie weg aus Hamburg. Weit weg ...

»Der Gruftie da!« Dennis stieß seinem träumenden Kumpel den Ellenbogen zwischen die Rippen. »Der mit dem Krückstock!«

Tim peilte zum Geldautomaten hinüber. Ein alter Mann lehnte umständlich seinen Stock an die Wand und fingerte eine abgegriffene Brieftasche aus der Innentasche seines Mantels.

»Hoffentlich hebt der ordentlich was ab! Der wäre genau richtig!«, fieberte Dennis. Die beiden Jungen traten vorsichtig hinter eine Stellwand zurück, ohne ihr Opfer aus den Augen zu lassen. Der Geldautomat arbeitete und spuckte Scheine. Der Alte nahm das Geld, hielt es etwas ins Licht und zählte das Bündel kurz durch.

»Das reicht!«, flüsterte Dennis mit glänzenden Augen.

Der alte Mann steckte das Geld in die Brieftasche und diese wiederum zurück in den Mantel. Dann nahm er seinen Stock und schlurfte zum Ausgang. Dennis und Tim wechselten einen Blick – dann nahmen sie die Verfolgung auf.

Die beiden Jungen trennten sich vor der großen Schrankwand – einer wandte sich nach links, der andere nach rechts. Ein stummer Blickwechsel signalisierte den Startschuss – rasch und routiniert öffneten sie gleichzeitig Klappen und Schubladen. Flinke Kinderhände durchforsteten Regale, flatterten über Bücher und Nippes, rückten Gläser und blätterten Seiten auf. Plötzlich zog einer der beiden einen Hundert-Euro-Schein aus einem Bucheinband und schwenkte ihn triumphierend. Eine Stoppuhr klickte.

»68 Sekunden! Das ist noch ausbaufähig!«

Etwas enttäuscht ließ der Junge die Hand mit der Banknote sinken – Olaf Sundermann rupfte ihm das Geld barsch aus der Hand und hielt ihm die Stoppuhr unter die Nase. »Viel zu viel Zeit für eine einzige Schrankwand!«

Der Junge senkte den Kopf.

»Vielleicht steckt die Kohle auch in der Küche!«, predigte Sundermann weiter. »Oder es gibt noch Schmuck im Schlafzimmer! Und der zweite Mann an der Tür kann die Alte nicht ewig zulabern!«

»Schon klar, Olaf«, kam es demütig zurück.

»Hoffentlich! Denkt daran: Bisher haben euch alle wie ein Stück Dreck behandelt. Das wird sich nur dann ändern, wenn ihr Geld habt! Und dafür sorge ich – wenn ihr das tut, was ich euch sage.«

Beide Jungen nickten gläubig.

»Wer glaubt an euch?«, fragte Sundermann scharf.

»Du!«

»Was nehmt ihr euch?«

»Was wir kriegen können!«

»Lasst euch nicht erwischen!«, appellierte der Erzieher. »Noch so eine Pleite wie mit Tim und Dennis kann ich nicht brauchen!«

Es klingelte an der Tür. Mit einem schnellen Schritt sprang einer der Jungen ans Fenster, peilte hinaus und zog sofort erschrocken wieder den Kopf zurück. »Draußen parkt 'ne Bullenschleuder!«

Der Erzieher zuckte nur mit den Achseln. »Na und? Die können mir nichts. Ihr verzieht euch. Die brauchen euch hier nicht sehen.«

Damit verließ er das Zimmer, um die Haustür zu öffnen.

Die Jungen wechselten einen verunsicherten Blick.

»Wir machen uns vom Acker. Am besten hinten raus!«

Kaum waren die beiden weg, stürmte Sundermann aufgebracht ins Wohnzimmer, gefolgt von Anna und Dirk.

»Und *das* glauben Sie?«

»Hier geht es nicht um Glauben oder nicht Glauben, sondern um Tatsachenklärung.« Anna blieb ganz ruhig.

»Tim hat sich am Telefon klar geäußert und Sie beschuldigt, Ihre Schützlinge zum Stehlen verleitet zu haben!«, fügte Dirk hinzu. »Nun dürfen Sie dazu Stellung nehmen.«

Der Erzieher schnappte erregt nach Luft. »So eine aberwitzige Anklage! Ausgerechnet von Tim Virchow – einem Straßenjungen, der noch ein völlig unreifes Kind ist!«

Dirk stand schon an der Schrankwand und zog zielsicher das Buch aus dem Regal, welches seine Kollegin noch vor einigen Tagen hier in der Hand gehalten hatte. »Hört ihr die Kinder weinen – was für ein ergreifender Buchtitel, Herr Sundermann! Ich habe ihn mir gemerkt. Und ich höre gut zu, wenn Kinder weinen.«

Der Erzieher winkte verächtlich ab. »Tim ist ein notorischer Lügner!«

»Vielleicht bin ich auch ein Narr, der Kindern glaubt!« Dirk stellte das Buch an seinen Platz zurück.

»Dann sind Sie dem Bengel schon auf den Leim gegangen!«

»Jungs wie Tim und Dennis sind in der Regel eher Opfer als Täter – das waren Ihre Worte, Herr Sundermann!«, erinnerte ihn Anna.

Sundermann warf der Polizistin einen giftigen Blick zu und höhnte: »Ach ja? Und was gedenken Sie jetzt mit mir zu machen? Haben Sie Beweise – außer der fragwürdigen Aussage eines zweifelhaften und zudem noch flüchtigen Jungen?«

»Ja, da wäre noch was«, nickte Anna. »Als wir Tim und Dennis das erste Mal getroffen haben, waren noch zwei Jungen bei ihnen. Dieselben Jungen saßen hier vor dem Fernseher, als wir Tim und Dennis zu Ihnen brachten ...«

»Oleg und Mirko«, nickte Sundermann abwartend.

»Laut einiger Zeugenaussagen stehen auch diese beiden Jungen akut unter Verdacht, Klingelüberfälle begangen zu haben. Was für ein Zufall, nicht wahr?«

»Eigentlich nicht«, entgegnete Sundermann. »Straßenkids machen so was. Deswegen hole ich sie ja von der Straße runter!«

»Wir möchten uns mit Mirko und Oleg unterhalten«, übernahm jetzt Dirk das Wort.

Der Erzieher zuckte desinteressiert mit den Achseln. »Und wenn ich Ihnen sage, dass die beiden vorhin weggegangen sind?«

Seelenruhig ließ sich Dirk auf einem bequemen Sessel nieder – Anna folgte prompt seinem Beispiel. »Dann warten wir eben. Sie haben's ja nett hier! Vielleicht erzählen Sie uns bei der Gelegenheit gleich mal, wovon Sie den ganzen Wohlstand eigentlich bezahlen.«

»Wir haben nämlich schon ein bisschen recherchiert«, fügte seine Kollegin beiläufig hinzu. »Niemand zahlt Ihnen ein Gehalt, keine offizielle Organisation hat Sie auf der Liste – und etwas Preisgeld und eine Spende hier und da ist ja wohl kaum genug. Da bleiben ein paar Fragen offen, Herr Sundermann ...«

Sundermann starrte empört und sprachlos auf das gelassene Polizeiduo – dann eilte er mit schnellen Schritten zu einem Wandtelefon und griff entschlossen zum Hörer. »Ich kenne durchaus ein paar Leute mit Einfluss!«, fauchte er, während er hektisch eine Nummer wählte.

Dirk lehnte sich entspannt zurück. »Herzliche Grüße.«

Der alte Mann tappte vorsichtig die Eingangsstufe vom Käseladen hinaus auf den Bürgersteig. Es war nicht einfach für ihn, das Gleichgewicht zu halten – eine Hand um den Stock geklammert, die andere mit der Einkaufstasche belastet. Seine Schulter schmerzte. Dreimal ausgekugelt im Dienst – zuletzt, als er einen Selbstmörder im letzten Moment daran hindern wollte, sich aus dem Fenster eines Hochhauses zu stürzen. Er hatte nur noch die leere Jacke des Mannes erwischt, aber sein Arm war trotzdem ausgekugelt. Konzentriere dich auf die Stufe, Heinz, ermahnte sich der Alte. Danach kannst du dich nach den Kerlen umsehen!

Er hatte längst bemerkt, dass ihm der Junge in der großen Lederjacke und sein Genosse schon seit geraumer Zeit verfolgten. Vielleicht schon seit der Sparkasse, überlegte Krämer. Möglich wär's. Am Spritzenplatz waren ihm die beiden aufgefallen, weil sie sich so betont unauffällig seinem langsamen Tempo anzupassen versuchten. Vor der Schlachterei hatten sie auf ihn gewartet, in die Bäckerei waren sie ihm gefolgt und hatten den Laden sofort nach ihm verlassen, ohne etwas zu kaufen. Grünschnäbel. Amateure.

Da hinten waren sie schon wieder! Krämer ließ sich nichts anmerken und setzte seinen Weg fort. Einen Moment lang erwog er, einfach jemanden zu bitten, die Polizei zu rufen. Aber dann verwarf er diesen Gedanken sofort. Damit würde er selber fertig werden! Keine Schwäche zugeben ...

Tim sah den alten Mann vor sich gesenkten Hauptes um eine Hausecke schlurfen. Es war anders, wenn man seinem Opfer so lange nachschlich, fand er. Sonst hatten sie einfach irgendwo geklingelt, und wenn eine klapprige Gestalt die Tür öffnete, war Showtime. Diesmal hatte er Zeit, sich den Mann genau anzugucken – und das behagte Tim gar nicht. Der Typ ist mindestens hundert, fuhr es ihm durch den Sinn. Wie lange braucht der noch, um endlich zu seiner Wohnung zu kommen? Tim musste sich sehr beherrschen, um nicht einfach loszulaufen und an dem Alten vorbeizuziehen. Muss komisch sein, immer nur in diesem Zuckeltempo zu gehen, überlegte er. Alt sein konnte er sich überhaupt nicht vorstellen.

»Er ist schon um die Ecke, wir dürfen ihn nicht verlieren!«, drängte Dennis aufgeregt.

»Das geht wohl kaum!«, spottete Tim, legte aber einen Schritt zu.

Krämer lauerte behutsam nach hinten: Jetzt bogen auch die Jungen um die Ecke und bremsten sofort ab, um den Abstand zu wahren.

»Halbstarkes Gesindel, na wartet ...«, brummte der Alte angewidert. Sollten die ruhig kommen! Da war schon sein Hauseingang. Er schlurfte unbeirrt weiter und verschwand im Treppenhaus.

Hinter ihm huschten Tim und Dennis bis zur Haustür heran.

»Meinst du, er hat was gemerkt?«, fragte Tim.

»Quatsch!«, meinte Dennis energisch. »Wir geben ihm jetzt Zeit genug, seine Wohnung aufzuschließen und den Mantel aufzuhängen – und dann nichts wie ran!«

Tim nickte fahrig. Irgendwie war es anders als sonst. Aber Dennis hatte Recht: Ohne Moos kam man nirgendwohin.

Krämer hängte seinen Mantel an die Garderobe und lauerte durch den Türspion. »Jede Wette, dass es gleich klingelt!«, murmelte er vor sich hin und grinste schief, als sich seine Prognose gleich darauf tatsächlich erfüllte. Er schnaufte verächtlich und öffnete die Tür: Da stand der Junge mit der großen Lederjacke und neben ihm sein Kumpan, der jetzt den Alten mit peinverklemmten Beinen und akuter Leidensmiene anflehte: »Guten Tag, ich muss mal ganz dringend ...«

Die Faust des Alten schoss vor, er packte Dennis hart und zog ihn zu sich herein in den Flur. Bevor der überrumpelte Junge an Gegenwehr denken konnte, hielt Krämer ihn schon routiniert im Polizeigriff fixiert und schrie erbost: »Ein alter Bulle fällt auf so was nicht rein, du Drecksbengel!«

Dennis wand sich in höchster Not. »Timmie!«

Sein Freund stand völlig starr da. Das gibt's doch nicht, dachte er. Das gibt's einfach nicht ...

»Mach' schon, Timmie!«, rief Dennis.

Tim löste sich aus der Erstarrung und drängte sich in den Flur hinein. Krämer presste Dennis gegen die Wand, keine Chance, an ihn heranzukommen. Tims Blick fiel auf einen massiven Gehstock an der Garderobe. Instinktiv griff er danach und erhob ihn drohend.

»Loslassen!«

Krämer bedachte den bebenden Jungen nur mit einem verächtlichen Blick. Milchbubi. Der andere wand sich verzweifelt. Dich lass ich nicht los, dachte der Alte grimmig und verstärkte seinen Klammergriff. Ich hab viele Männer verhaftet, viele Männer! Ich habe nie einen losgelassen!

»Schlag ... zu ...!«, keuchte Dennis beschwörend.

Tim holte mit dem erhobenen Stock aus, zögerte aber noch unentschlossen. Krämer sah ihm direkt in die Augen, ohne von Dennis abzulassen. So würde er sich gegen den Schlag nicht wehren können, doch er war jetzt ohne Angst. Er fühlte nicht einmal mehr Wut. Eher so etwas wie Neugier: Schlägt er zu oder nicht?

Tim sah, wie ihn der alte Mann nicht aus den Augen ließ. Der guckt überhaupt nicht auf den Stock, durchfuhr es ihn – der sieht mir genau ins Gesicht! Der könnte mich genau beschreiben ... und ich ihn auch. Ich weiß genau, wie er aussieht ... Langsam ließ Tim den Stock sinken.

»Mann ...«, heulte Dennis angesichts der Schwäche seines Kumpans verzweifelt auf. Der Alte lächelte Tim überraschend milde zu – da verzerrte sich plötzlich sein Gesicht, er verkrampfte sich, ließ Dennis los und griff sich stöhnend an die Brust. »Aaaah ...« Er taumelte mühsam ein Stück ins Wohnzimmer hinein und brach zusammen.

»Weg hier!«, schrie Dennis entnervt, doch Tim stürzte schon auf den leblos daliegenden Alten zu. »Ich muss ihm helfen!«

»Du spinnst ja!« Dennis machte auf den Hacken kehrt. Nichts wie raus aus der Wohnung! Er wollte gerade durch die Tür ins Treppenhaus flüchten, da versperrte ihm plötzlich ein Mann den Weg, der ihn instinktiv packte und festhielt.

Rolf Bogner merkte sofort, dass hier etwas nicht stimmte. »Langsam! Was ist hier los?«, fuhr er den zappelnden Jungen an. Dennis wimmerte nur, aber jetzt bemerkte Bogner den reglosen Krämer und neben dem Alten kniend einen weiteren Jungen, der ihn hektisch heranwinkte.

»Hilfe! Schnell!«, rief Tim ihm zu.

Entschlossen zog Bogner Dennis hinter sich her ins Wohnzimmer.

Tim sah ihnen verzweifelt entgegen. »Er ist plötzlich umgekippt ...«

Bogner beugte sich prüfend zu dem röchelnden Alten hinunter. »Ein Kissen, schnell!«

Tim sprang auf – da warf ihm sein Freund schon ein Sofakissen entgegen. Alles im Eimer, dachte Dennis und ließ sich entnervt selbst in das Polstermöbel fallen. Ich kann nicht mehr ...

Tim reichte das Kissen weiter an Bogner, der es Krämer behutsam unter den Kopf schob. Wenigstens lebt er noch, registrierte Bogner. Zäh ist er bestimmt!

Der Alte keuchte und atmete schwer. Mühsam richtete er den Blick auf den Mann neben ihm. »Bogner ...«

»Nicht reden, Krämer ...«

Krämer schüttelte ansatzweise den Kopf, ohne Bogner aus den Augen zu lassen. »Warum ... sind Sie hier ...?«

Der Revierchef erwiderte den Blick fest. »Ich möchte mich entschuldigen, weil ich nie zu Ihnen gekommen bin – neulich zum Fest und auch sonst!«

Krämer lächelte schwach, seine Finger ertasteten Bogners Hand. »Schon gut ... Ich habe immer nur ... Sündenböcke gesucht! Machen Sie nie den gleichen Fehler, versprechen Sie mir das!« Er drückte schwach Bogners Hand. »Wenn Sie neunzig werden, zähle ich die Gäste – von da oben ...« Er verzog plötzlich schmerzverzerrt das Gesicht und schloss die Augen.

Bogner reagierte sofort. »Halten Sie durch!« Schon sprang er auf, griff zum Handy und wählte den Notruf. »Notarzt, dringend!«

Krämer öffnete jetzt wieder die Augen, keuchend und nach Luft schnappend. Sein Blick suchte Bogner, der beschwörend seine Meldung machte.

»Hier spricht Rolf Bogner, 14. Polizeirevier! Wir brauchen einen Notarzt, Brunnenstraße 40! Bitte schnell – es ist *einer von uns*!«

Einer von uns, dachte Krämer. Einer von uns. In diesem Moment kreuzten sich ihre Blicke. Bogner sah die Augen des Alten aufleuchten, dann sackte der Greisenkopf zurück auf das Kissen – Krämer war tot.

Ohne Dirk würde ich jetzt nicht noch so ruhig hier sitzen, ging es Anna Bergmann durch den Sinn. Ohne Dirk wäre sie allerdings vermutlich auch gar nicht erst in eine derartige Situation geraten! Natürlich war Olaf Sundermann durch Tims Anruf schwer belastet worden. Aber sich in seinem Wohnzimmer gemütlich niederzulassen und sich der Aufforderung zum Gehen einfach zu verweigern erfüllte wahrscheinlich den Tatbestand des Hausfriedensbruches und könnte für ein internes Disziplinarverfahren reichen!

Von solchen Formalien ließ sich Dirk Matthies aber nicht aufhalten, wenn er Unrecht witterte und die Fährte aufgenommen hatte. Auf den verschlungenen Pfaden der Gesetze nahm Dirk manchmal eine Abkürzung, das erlebte Anna nicht zum ersten Mal. Und nicht zum ersten Mal war sie als seine Partnerin im Dienst wohl oder übel die Komplizin seiner unkonventionellen Methoden. Doch im Gegensatz zum ersten Mal nahm Anna dies längst gelassen. Sie hatte tiefes Vertrauen zu Dirk. Und so amüsierte es sie sogar, wie ihr Kollege sich entspannt im Sessel räkelte, während Olaf Sundermann nervös vor ihnen herumtigerte.

»Ich habe einige Hebel in Bewegung gesetzt!«, drohte er jetzt. »Das sind Ihre letzten Stunden im Dienst – verlassen Sie sich darauf!«

Dirk blickte ruhig auf seine Armbanduhr. »Stimmt. Ist bald Feierabend.«

»Erzählen Sie uns doch einfach, wo wir Oleg und Mirko finden!«, forderte Anna.

Sundermann tippte sich an die Stirn »Ich weiß es nicht! Und wenn – warum sollte ich es Ihnen sagen?«

»Vielleicht gehen wir dann ja ...«, gab Anna achselzuckend zurück.

In diesem Moment läutete das Telefon. Sundermann griff danach wie nach einem Rettungsring. »Sundermann ...« Er lauschte, dann hellte sich sein Gesicht auf. Triumphierend reckte er die Hand mit dem Hörer Dirk entgegen. »Für Sie! Ihr Chef! Der klingt nicht sehr glücklich!«

Dirk schwang sich aus dem Sessel und nahm den Hörer entgegen – Sundermann und Anna beobachteten ihn gespannt.

»Rolf?« Er hörte aufmerksam zu, sehr ernst. Dabei registrierte er den forschenden Blick des Erziehers. Du mieser Hund, dachte Dirk und markierte zunehmende Verzagtheit. »Ja, Chef. Wird gemacht. Sofort.«

Dann legte er auf und wandte sich seiner Kollegin und Sundermann zu – scheinbar völlig zerknirscht. »Wir sollen sofort beim Chef antreten!«

Sundermann grinste schadenfroh. »Da haben Sie's!«

»*Sie* bittet er auch mitzukommen! Natürlich nur, wenn Sie so freundlich wären? Bitte!«, kroch Dirk.

Sundermann hatte seine Fassung wiedergefunden und winkte lässig ab. »Aber das mach ich doch gerne!«

Bereitwillig folgte er den Polizisten aus dem Haus und nahm auf der Rückbank des Streifenwagens Platz. Dirk startete den Motor und fuhr los, schweigend und mit unbewegter Miene. Anna beobachtete ihn neugierig. Sie kannte ihren Dirk. Irgendwas war da im Busch.

Der Tote lag noch auf dem Fußboden. Bogner instruierte eben zwei uniformierte Polizisten. »Sorgt dafür, dass so wenig wie möglich berührt wird, auch draußen im Flur! Der Fall ist zwar klar, aber die Kripo und die Leute von der KTU maulen sonst aus Prinzip.«

Die beiden Beamten gingen aus dem Wohnzimmer. Bogner wandte sich dem Jungen in der großen Lederjacke zu, der schmal und blass neben seinem Freund auf dem Sofa saß.

»Du kennst Dirk Matthies?«

Tim nickte nur stumm. Der Revierchef sah auf die Uhr. »Er muss gleich hier sein.«

Vom Flur her dröhnte eine empörte Stimme. »Das ist kein Polizeirevier! Was soll das? Wo ist Ihr Chef?«

Schon schoben Anna und Dirk den aufgebrachten Erzieher vor sich her ins Wohnzimmer. Angesichts der Szenerie blieb Sundermann erschrocken stehen. »Was ist ...?«

Dirk wies gelassen auf seinen Chef, als übernähme er die Vorstellung auf einer Cocktailparty. »Gestatten – Revierchef Bogner, wie versprochen. Die beiden Jungs kennen Sie ja schon.«

Sundermanns Blick flog nervös von der Leiche hinüber zu den Jungen auf dem Sofa. »Was versucht ihr mir da anzuhängen?«

Tim hielt dem bohrenden Blick des Mannes tapfer stand. »Wir haben alles gesagt – so, wie es war!«

Sundermann fuhr zu Bogner herum und rang beschwörend die Hände. »Ist der Mann da tot? Ich habe nichts damit zu tun!«

»Damit vielleicht nicht«, entgegnete Bogner ruhig. »Aber Sie haben eine ganze Serie von Überfällen zu verantworten!«

»Ich habe niemanden überfallen!«

Anna sah dem Mann verächtlich ins Gesicht. »Dafür sind Sie auch viel zu feige!«

»Ein Aasgeier wie Sie lässt überfallen!«, stieß Dirk angewidert hervor, und Bogner setzte nach: »Sie haben strafunmündige Kinder zum Klauen abgerichtet wie ein Rudel Jagdhunde!«

»Ich ... das stimmt so nicht ...«, stotterte Sundermann, doch Dirk unterbrach ihn barsch: »Wird Zeit, dass wir *Ihnen* die Grenzen zeigen und das Halsband enger schnallen!« Er gab den beiden uniformierten Polizisten im Flur einen Wink – sie verstanden und traten hinter den Erzieher. »Nehmt ihn mit und haltet ihn schön fest!« Er schob sich dicht an Sundermann heran und lächelte ihm eiskalt ins Gesicht. »Freundliche Polizisten sind nämlich so was von out ...«

Die beiden Polizisten packten den Mann hart, legten ihm Handschellen an, nahmen ihn in die Mitte und eskortierten ihn hinaus.

»Hallo, Tim.« Dirk zog sich einen Stuhl heran und setzte sich vor die Jungen. »Vielen Dank für deinen Anruf.«

Tim nickte nur andeutungsweise. Dennis' Blick flog irritiert zwischen dem Polizisten und seinem Kumpel hin und her – welcher Anruf? Was ging da ab?

»Wie ist das mit dem alten Mann da passiert?«, fragte Dirk ruhig.

»Wir haben bloß geklingelt – nur so!«, verteidigte sich jetzt Dennis aufgeregt. »Der Opa macht die Tür auf, und Zack! fällt er um! Wir können nichts dafür!«

Dirk beachtete ihn gar nicht. Forschend behielt er den schmalen Jungen in der großen Lederjacke fest im Blick.

»Wir wollten ihm sein Geld wegnehmen«, gestand Tim leise.

»Du vielleicht!«, protestierte Dennis erschrocken. »Ich wusste überhaupt nichts davon!«

Tim bebte, aber er hielt Dirks Blick weiter stand. »*Ich* wollte es. Ich wollte unbedingt weg und hatte kein Geld ...« Jetzt huschte sein Blick scheu zu der stillen Gestalt auf dem Fußboden hinüber. »Es sollte wirklich das allerletzte Mal sein! Es tut mir so Leid!«

Rolf Bogner nahm seine Brille ab und wischte sich müde über die Augen. »Das sagen sie hinterher immer ...«

»Und wo habt ihr die beiden Jungen gelassen?«, erkundigte sich Lothar Krüger.

»Sie stehen bis auf weiteres unter Aufsicht, in einer bewachten Wohngruppe!«, erklärte Rolf Bogner. »Die Soko Jugendkriminalität hat einen Mitarbeiter in Sundermanns Villa postiert, um die anderen Jugendlichen abzupassen, die noch in seinen Diensten stehen.«

Zwei Stunden waren vergangen, seit die Kripo den Fall Krämer übernommen hatte. Ein einfacher Fall für die Kollegen vom Kriminalamt: Alle Zeugen versammelt, Verdächtige bereits verhaftet, und die Leiche war noch in einem Stück – saubere Sache.

Bloß nicht für Bogner. Er war mit Anna und Dirk in die Wache zurückgefahren und hatte sich in seinem Büro verkrochen, bis Dietmar Steiner und Lothar Krüger zu ihm gekommen waren und alles über Krämers Tod wissen wollten. Lothar hatte seinen morgendlichen Besuch bei dem alten Sturkopf gebeichtet. Krüger hat wenigstens Courage bewiesen, dachte Bogner. Wenn ich doch auch sofort vor Dienstbeginn zu dem Alten gegangen wäre! Wenn ich nicht so lange gezögert hätte – wenn, wenn ...

»Wenigstens hat er am Ende noch erlebt, dass wir ihn nicht ganz vergessen haben«, überlegte Dietmar jetzt laut.

Bogner schüttelte den Kopf. »Ich hatte den alten Krämer nicht vergessen, Dietmar. Ganz im Gegenteil! In den ersten Jahren hab ich nie an ihn gedacht, das stimmt, aber in letzter Zeit ist er mir öfters eingefallen ...«

»Weshalb denn?«, erkundigte sich Lothar neugierig.

Bogner stand auf, starrte einen Moment lang nachdenklich hinaus in die abendliche Dämmerung und wandte sich wieder seinen Kollegen zu. »Revierchef ist manchmal ein einsamer Job. Sicher, wir sind ein Team, sogar ein gutes – aber in letzter Konsequenz muss ich alles allein auf meine Kappe nehmen!«

»Und was hat das jetzt mit Krämer zu tun?«, fragte Dietmar.

»Alles, was uns an ihm gestört hat«, setzte Bogner zur Erklärung an, »sein Misstrauen, die Wutausbrüche, die ganze harte Gangart ... Ich glaube, er hatte immer nur Angst, dass irgendetwas schief läuft, wofür er die Verantwortung trägt!«

Dietmar kratzte sich nachdenklich am Kinn. »Aber wenn du ihn so gut verstehst – warum bist du dann nicht selbst zu seinem Fest gegangen?«

»Ja, warum wohl?« Bogner lachte bitter. »Jedes Mal, wenn mir der Alte in den Sinn kam und ich dachte, wie gut ich ihn jetzt eigentlich nachträglich verstehen kann, kriegte ich einen Mordsschreck! Ich wollte nie, nie die Art Vorgesetzter werden, wie Krämer es war!«

»Und wenn du persönlich festgestellt hättest, dass du Krämer eigentlich gar nicht so übel findest, hätte das bedeutet ...«

»... dass der Alte entweder tatsächlich ein netter Mensch ist oder ich vielleicht mittlerweile genau so ein Ungeheuer geworden bin, wie er es war – genau!« Er setzte sich hinter seinen Schreibtisch und ließ müde die Schultern hängen. »Also hab ich die Augen fest verschlossen und *dich* vorgeschickt, Dietmar.« Er rang sich ein mühsames Lächeln ab. »Wieder mal eine Gelegenheit verpasst, etwas richtig zu machen! Nun ist es zu spät.«

Dietmar schüttelte langsam den Kopf. »Nicht ganz, Rolf.«

»Was für eine linke Tour von Sundermann! Sich heimlich eine Armee diebischer Elstern heranzuzüchten und nach außen hin den großen Experten für jugendliche Problemfälle zu geben!« Anna kochte vor Wut, als sie jetzt den Bericht noch einmal überflog, den Dirk und sie gerade fertig formuliert hatten.

»Aus seiner Sicht ist er ja tatsächlich ein Experte!«, meinte Dirk. »Jedenfalls hat er genau gewusst, wie leicht man die Kinder beeindrucken kann. Ein bisschen Zuwendung, ein bisschen Zucht ...«

»... mal die Peitsche und dann wieder ein Zuckerbrot«, ergänzte Anna und legte die Seiten des Protokolls zusammen. »Du hast Recht. Er hat sicher ein leichtes Spiel gehabt.«

»Jetzt nicht mehr«, bemerkte Dirk lakonisch.

»Und wir haben mit einem Schlag einen Haufen ungeklärter Fälle weniger auf dem Tisch!«, stellte seine Kollegin fest und schob den abgeschlossenen Bericht energisch in eine Ablage. »Was machst du gleich nach Feierabend?«

Bevor Dirk antworten konnte, landete Lothar Krügers Pranke schwer auf seiner Schulter. »Dirk, deine Irre hat heute schon mindestens dreimal für dich angerufen, während du unterwegs warst!«

»Wer? Vivian?«, fragte er erstaunt.

Lothar schüttelte den Kopf.

»Ihre Schwester – Alexandra?«

Lothar war verwirrt. »Ich weiß, die Welt ist voller Verrückter, aber ich meine die Frau von gestern. Diese Versicherungstussi!«

Endlich schaltete Dirk. »Naomi Seibert! Sag das doch gleich! Und was wollte sie? Moment – sag's nicht. Sie will wissen, ob ihr blödes Anschreiben angekommen ist und wann ich es beantworte, stimmt's?«

Lothar zog ein enttäuschtes Gesicht. »Wenn du's schon weißt ...« Damit trollte er sich.

»Dann muss ich mich wohl leider damit beschäftigen«, seufzte Dirk und kramte nach dem Brief der Versicherungsgesellschaft. »Wo wir sowieso schon am Berichte schreiben sind ...«

Endlich fand er den Umschlag und zog das leere Formular für sein Zeugenprotokoll heraus. Dabei segelte auch das Hochglanzfoto vor Anna auf die Schreibtischplatte.

Sie schob es zu Dirk hinüber. »Hier, deine Schönheitskönigin!«, sagte sie und zwinkerte spöttisch. »Mach's dir einfach – du klebst das Foto aufs Formular und schreibst darunter: Dieses Gemälde wurde am Soundsovielten um soundsoviel Uhr in meiner Gegenwart eingeäschert, Punkt!«

»Haha«, kommentierte Dirk genervt, nahm dann das Foto aber doch in die Hand und betrachtete es eingehend. Te Arii Vahine. Ein feuchter Traum in Aquarell. Dieses Gemälde wurde in meiner Gegenwart eingeäschert, dachte Dirk. Dieses Gemälde ...

»Vivians Schwester hat das Bild doch verbrannt, um ein Signal zu setzen«, riss Annas Stimme ihn jetzt aus seinen Gedanken.

»Alexandra wollte Vivian verunsichern, sie endlich mal aus ihrer selbstsicheren Bahn werfen!«, bestätigte er. »Ich glaube nicht, dass sie von vornherein geplant hat, den Gauguin zu zerstören. Das hat sich hochgeschaukelt!«

»Sie hat Vivian einen schwarzen Mann vorgegaukelt«, rekapitulierte Anna. »Sie hat Buttersäure in ihrem Briefkasten verteilt ...«

»... und als das alles Vivian noch nicht die Spur ängstigte, hat sie einen anonymen Brief verfasst und ihre große Schwester damit immerhin schon so weit verunsichert, dass sie zur Polizei gegangen ist.«

»Der Brief war merkwürdig!«, hakte Anna nachdenklich ein. »Dieses Lessing-Zitat! Wenn es alles so war, wie wir eben gedacht haben – warum hat Alexandra nicht einen *wirklich* unheimlichen Brief gebastelt, um Angst und Schrecken zu verbreiten? Mit wüsten Drohungen, finsteren Racheschwüren und dergleichen?«

Ja – warum? Sie sahen sich einen Moment lang ratlos an, dann kramte Dirk den Briefbogen mit dem Schnipseltext hervor und legte ihn auf den Tisch. Schon griff eine neugierige Hand danach.

»Was man nicht zu verlieren fürchtet, hat man zu besitzen nie geglaubt, und nie gewünscht«, las Henning Schulz laut vor und kicherte. »Spielt ihr lustiges Rätselraten?«

Harry nahm ihm den Zettel aus der Hand, legte ihn zurück auf den Tisch und warf ihrem Kollegen einen tadelnden Blick zu. »Du hast das Rätsel gerade gelöst, Henning!«

»Ach ja? Wie lautet die Antwort?«

»Gute Manieren! Die fürchtest du nicht zu verlieren, weil du sie nie besessen hast!« Sie knuffte ihm zwischen die Rippen und zog ihn mit sich in Richtung Ausgang.

»Aber ich habe sie mir vielleicht gewünscht!«, protestierte Henning lachend.

»Falsch – *ich* wünschte mir, du hättest welche!«, konterte Harry fröhlich. Schon waren sie zur Tür hinaus. Dirk bemerkte es gar nicht mehr. Verblüfft starrte er auf den rätselhaften Brief. »Alexandra hat sich nicht davor gefürchtet, das Bild zu verlieren ...«, murmelte er.

Anna verstand plötzlich, was er damit meinte, und spann den Faden weiter: »Der Gauguin gehörte ihr nicht – ihn zu besitzen hat sie nie geglaubt ...«

»... und sie hat ihn sich nie gewünscht – vielleicht! Das könnte es sein, Anna: eine Art Ankündigung.«

»Das würde dann allerdings bedeuten, dass Alexandra schon vorhatte, das Gemälde zu zerstören, als sie diesen Brief bastelte!«

Dirk seufzte entnervt und lehnte sich im Stuhl zurück. »Ach, Anna – das ist mir eigentlich alles ganz egal ...«

Sie stand auf, stellte sich hinter ihn und legte die Hände auf seine Schultern. Er schloss die Augen. »Ich weiß nicht, ob Vivian die Richtige für mich wäre. Genau genommen weiß ich nicht mal, ob ich überhaupt der Richtige für irgendwen bin! Aber ich hätte es ganz gerne probiert.«

Anna drückte ihn tröstend. »Es ist noch nicht vorbei.«

»Nein, das ist es nicht!«, bestätigte Dirk. »Und zuerst schreibe ich diesen Versicherungsbericht!« Er raffte sich das Formular heran.

»Dann bis morgen, Dirk!«

»Bis morgen, Anna!«

Sie warf noch einen schrägen Blick auf das Foto. »Königin der Schönheit«, murmelte sie. »Wahre Schönheit gibt's nicht gerahmt!« Schon war sie weg. Wahre Schönheit. Dirks Blick wanderte immer wieder zu dem Hochglanzfoto vor ihm auf dem Tisch. Dieses Gemälde wurde in meiner Gegenwart eingeäschert. Irgendetwas stimmte nicht. Dieses Gemälde ...

Dirk stoppte den Heckflossen-Oldtimer unmittelbar vor seinem Haus und ließ den Motor im Leerlauf brummen. Unschlüssig sah er an der Fassade des alten Speichergebäudes hoch bis zu den dunklen Fenstern seiner Wohnung. Nein, er konnte jetzt nicht einfach nach Hause. Das würde ihn verrückt machen! Dieses unbestimmte Gefühl innerer Unruhe, eine vage Ahnung von Widersprüchlichkeiten machte es ihm unmöglich, einfach still zu sitzen.

Er legte den Gang ein und fuhr langsam zum Fischmarkt und weiter am Hafenrand entlang.

Er hatte den Bericht für Naomi Seibert mehrmals begonnen und jedes Mal abgebrochen. Nun war Schluss für heute. Was war das auch für ein Tag gewesen! Vielleicht half es, einfach ein bisschen herumzufahren und eine von den alten Kassetten einzuschieben ...

»Got your moto runnin', head out on the Highway!«, gröhlte Dirk laut mit. »Looking for Adventure ...« Er war keineswegs auf Abenteuer aus. Aber irgendwas war schon dran an »Born to be wild«, überlegte er. Wahrscheinlich dieses Gefühl totaler Unabhängigkeit und Gelöstheit, wenn man nichts anderes dem Fahrtwind entgegenzusetzen hatte als ein leichtes Herz und eine geschwärzte Vergangenheit. Dirks Herz war nicht leicht, und zu seiner Vergangenheit stand er immer. Sie war unverzichtbarer Teil seiner Identität.

Die erleuchteten Masten der »Rickmer Rickmers« flogen vorbei. Von Vivians Büro aus hatte man das Schiff sehen können, fiel Dirk ein. Unwillkürlich bog er am Ende des Baumwalls ab zur Kehrwiederspitze und spähte hinauf zum Thalbach-Büro: Die Fenster waren erleuchtet ...

Spontan lenkte Dirk seinen Wagen auf einen Parkplatz.

»Herr Matthies! Guten Abend!« Die freundliche Sekretärin mit der strengen Frisur hatte gerade die Hand am Lichtschalter, als Dirk das Büro betrat. »Ich wollte eben Schluss machen! Oder haben Sie hier eine Verabredung mit Frau Thalbach? Ich dachte, sie ist noch bei einem Geschäftsessen mit unserem Dekorstoff-Lieferanten.«

»Da wird sie dann wohl auch sein«, meinte Dirk bedauernd. »Ich bin nur rein zufällig vorbeigekommen und habe hier oben Licht gesehen. Na dann ...«

Sie verließen gemeinsam das Büro und gingen über

einen langen Flur zum Lift. »Wenn Sie schon hier sind«, bat die Sekretärin schüchtern, »wären Sie so nett, mich bis zu meinem Wagen zu begleiten? Er steht in der Tiefgarage! Ich finde es so spät abends immer ein bisschen unheimlich da unten!«

»Mach ich gern.« Dirk ließ ihr höflich den Vortritt in die Fahrstuhlkabine und drückte auf den Kellerknopf. Die Türen schlossen sich, und der Lift rauschte abwärts.

»Wahrscheinlich gewöhne ich mich noch daran. Wir sind ja erst seit knapp zwei Monaten hier im Haus – und sonst ist dieses Büro ja wirklich ein Traum!«

»Zwei Monate erst? Wo war die Firma denn vorher?«, erkundigte sich Dirk.

»Oh, wir waren ... Also, das war ein ziemliches Loch, wissen Sie!« Sie zwinkerte ihm vertraulich zu. »Da lief fast gar nichts. Um ehrlich zu sein: Ich war schon fast so weit, mich nach einer anderen Stelle umzusehen. Aber dann hat Frau Thalbach irgendwie die Kurve gekriegt! Sie ist wirklich eine tolle Frau!«

»Oh ja, das ist sie wohl«, bestätigte Dirk nachdenklich. »Arbeiten Sie schon lange bei ihr?«

»Wie man's nimmt. Fast ein Jahr immerhin.«

Der Lift stoppte, sie traten hinaus in die graue Betonöde einer spärlich beleuchteten Tiefgarage.

»Wenn man hier wenigstens vernünftig Licht machen könnte!«, seufzte die Sekretärin.

»Ich bringe Sie zu Ihrem Wagen und fahre mit Ihnen zusammen raus«, erbot sich Dirk. »Sie können mich dann draußen bei meinem Auto absetzen, okay?«

Sie strahlte und hakte sich vertraulich bei ihm unter. »Sie sind genauso nett, wie ich Sie mir bei den ganzen Zeitungsberichten vorgestellt habe!«

»Welche Zeitungsberichte?«, erkundigte sich Dirk erstaunt.

Die Sekretärin schlug sich spontan die Hand vor den Mund. »Uups! Das hätte ich wohl nicht sagen dürfen ...«

»Was denn, bitte?«

Sie schüttelte ausweichend den Kopf, kramte umständlich einen Schlüsselbund aus ihrer großen Handtasche und öffnete die Türen eines betagten Kleinwagens. Mühsam faltete sich Dirk auf den engen Sitz, während die Frau den Motor anließ.

»Also«, bohrte Dirk weiter. »Welche Zeitungsberichte meinen Sie?«

Sie steuerte den Kleinwagen zur Ausfahrtrampe, den Blick stur geradeaus gerichtet. »Über Sie. Polizeiobermeister Dirk Matthies.«

»Zum Beispiel?«

»Ihren Einsatz bei der Geiselnahme im Bus. Die Rettungstat bei der Schießerei im Supermarkt. Dann haben Sie eine junge Selbstmörderin in letzter Sekunde vom Todessprung abgehalten! Das fand ich besonders stark von Ihnen, wissen Sie!«

Dirk schmunzelte verlegen. »Das ist alles schon ziemlich lange her! Und das haben Sie sich alles gemerkt? Obwohl Sie mich noch gar nicht kannten?«

»Ich hab die Artikel gerade erst vor kurzem rausgesucht und kopiert. Im Archiv der *Abendpost*!«

Er starrte die Frau überrascht an. »Weshalb haben Sie das getan?«

»Frau Thalbach hat es mir aufgetragen.«

»Moment – Vivian Thalbach hat Sie beauftragt, so eine Art Dossier über mich zusammenzustellen?«

Sie schaltete knirschend und jagte den Wagen über die letzte Rampe zur Ausfahrt. »Bitte, Sie dürfen es Frau Thalbach nicht übel nehmen! Ich wüsste manchmal auch gerne vorher, auf wen ich mich einlasse!« Sie seufzte. »Bloß dass ich es nie rechtzeitig mitkriege, wenn da jemand ist, auf den ich mich vielleicht einlassen könnte!«

Dirk lehnte sich stumm zurück. Die Gedanken überschlugen sich in seinem Kopf ...

»Ist das da Ihr Wagen? Der scharfe Oldie?« Die Sekretärin hielt neben dem einsam auf dem Parkplatz stehenden Heckflossen-Mercedes. Dirk öffnete die Tür.

»Bitte«, bat sie hastig, »Sie sagen Frau Thalbach nichts, oder?«

Er nickte nur knapp und stieg aus. Sie lächelte erleichtert und plapperte verlegen weiter: »Ich hab mich so für Sie beide gefreut, dass Sie sich gefunden haben! So romantisch – eine wiedergefundene Kinderliebe! Das hat Ihnen sicher gut getan. Ich fand diesen Artikel so traurig, in dem beschrieben wurde, wie Ihre Partnerin von dieser Giftmischerin – entschuldigen Sie, ich wollte nicht ...«

Er schlug die Wagentür hart zu und ging mit steifen Schritten zum Benz hinüber. Hinter ihm quietschten aufgeregt Reifen – dann war Dirk allein. Er starrte zum Fluss hinüber und stützte sich mit verschränkten Armen auf das Wagendach. Vivian hatte ihn angelogen. Sie hätte all die Jahre nie etwas von ihm gehört – nie gewusst, dass Dirk Matthies bei der Polizei gelandet war! Vielleicht wollte sie wirklich nur auf Nummer sicher gehen, wie es die Sekretärin vermutet hatte. Vivian überließ nie etwas dem Zufall. Vielleicht hatte sie Sehnsucht nach dem alten Freund von früher verspürt und mehr über ihn erfahren wollen. Auf dem glänzenden Autoblech reflektierten die Positionslichter eines bulligen Elbschleppers – rot für Backbord, grün für Steuerbord. Wenn die Richtung immer so klar wäre, dachte er. Wenn Ellen noch da wäre ... Er schloss die Augen und spürte eine klamme Nebelbrise vom Hafen heraufziehen, die sein Gesicht streifte wie ein feuchter Kuss. Und plötzlich wusste er, wohin er als Nächstes gehen würde.

»Weißt du, wohin wir zuerst gehen?« Henning Schulz versprühte Begeisterung, Charme und einen Hauch sportiven Herrenduft. »Wir nehmen erst einen Drink in der Havanna-Lounge! Und dann vielleicht noch ein kleiner Gang über die Landungsbrücken ... Dieser ›Lonely Hearts Club‹ läuft doch bestimmt bis in die Puppen – da können wir dann immer noch hin!«

»Nix!«, bremste Harry ihren enthusiastischen Kollegen kategorisch aus. »Ich will jetzt endlich wissen, wer mein Bild ins Internet gestellt hat! Und wenn du nicht mitkommst, gehe ich eben alleine hin – ist ja sowieso eine Veranstaltung für Singles!«

»Wie du willst«, fügte sich Henning und hielt seiner Kollegin galant die Tür des zivilen Dienstwagens auf. Er war nach Feierabend schnell nach Hause gerauscht, hatte sich geduscht und umgezogen und war dann zu Harry gedüst, um sie für die Überprüfung des dubiosen Single-Treffs abzuholen. Henning betrachtete die Aktion jedoch weniger als dienstlichen Termin – eher als ein außerplanmäßiges Rendezvous mit seiner absoluten Lieblingskollegin. Sie hat sich auch aufgebrezelt, registrierte er beglückt. Harry sah allerdings immer klasse aus. Und vielleicht wollte sie diese hübsche Bluse einfach nur mal wieder tragen. Bei Frauen weiß man nie, überlegte Henning. Und bei Harry schon gar nicht.

Sie rollten im Schritttempo entlang schäbiger Hausfassaden und spähten nach der Adresse.

»Kasematte! Da ist es!« Die flackernde Leuchtreklame war Henning auch schon aufgefallen. Sie parkten das Auto und näherten sich dem Lokal – dem schmucklosen Anbau eines schmuddeligen Wohnhauses. »Ziemlich dürftige Location«, mäkelte Harry.

»Und so eine Bruchbude wirbt mit deinem edlen Konterfei!«, amüsierte sich Henning und erntete dafür prompt einen scharfen Blick.

Drinnen roch es nach kaltem Rauch und billigem Parfüm. Eine einsam rotierende Silberkugel zerbrach den Lichtstrahl einer Spotlampe in flimmernde Pünktchen und sprenkelte sie über vergilbte Tapeten, vertrocknete Zierpalmen, leere Tische und drei mausgraue Frauen, die sich auf der kleinen Tanzfläche unbeholfen zu den Klängen von Abbas »Dancing Queen« bewegten.

Plötzlich trat den Zivilfahndern eine freundlich lächelnde Dame in den Weg. »Hallo! Ihr seid neu hier! Kommt, ich zeige euch ...« Sie stutzte erschrocken und riss die Augen auf. »Oh Gott – Sie sind es ...!«

Harry drängte sich energisch dicht an sie heran. »Genau – ich bin es! Als Ihr bewährtes Lockvögelchen darf ich doch sicher mitmachen?«

Die Frau wich verängstigt zurück, Harry rückte gnadenlos nach. »Mein Name ist übrigens Hariklia Möller, und ich bin Zivilfahnderin! Vielleicht sollten Sie meine Kontaktseite mit diesen Angaben aufpeppen – oder verschreckt das die Kundschaft?«

Die Bedrängte schnappte nach Luft und warf Henning einen flehenden Blick zu.

Der reagierte mit einem amüsierten Nicken. »Henning Schulz, 14. Revier!«, stellte er sich vor und präsentierte seinen Dienstausweis.

Die Frau blieb wie vom Donner gerührt stehen, schlug die Hände vors Gesicht und begann zu schluchzen. »Ich hab doch niemandem was getan ...«

Harry war stinkwütend. »Sie benutzen mein Foto, um Leute anzulocken und auszunehmen! Wann bitten Sie zur

Kasse? Nach der dritten geplatzten Verabredung? Während dieser merkwürdigen Veranstaltung hier? Wie läuft das?«

»Ich nehme kein Geld, ehrlich nicht …«, schniefte die Frau.

»Können wir uns hier irgendwo in Ruhe unterhalten?«, schaltete sich Henning jetzt vermittelnd ein.

Die Frau nickte und führte sie zu einem abseits stehenden Tisch vor der Garderobe.

Eigentlich sieht sie völlig normal aus, taxierte Harry. Mitte dreißig, obenrum zu wenig und zu viel auf den Hüften, eine klassische Vertreterin der Gattung »Blasse Büropflanze«. Total normal.

»Ich heiße Claudia Klein«, stellte sich die Frau jetzt vor, nachdem sie sich etwas gefangen hatte. »Der Eintritt beim Dance Club kostet fast nichts … Das deckt nur die Miete für die Location!«

Henning sah sich um. »Hier steppt ja auch nicht gerade der Bär!«

»Das ist es ja!« Claudia Klein verzog schmerzlich das Gesicht. »Es kommen kaum noch Leute, vor allem kaum noch Männer – ich musste doch etwas tun!«

Allmählich kapierte Henning. »Verstehe ich Sie richtig: Diese Traumfrau-Website sollte Männer in den Club locken, die dort hingingen, weil sie dachten, dort würde sie anzutreffen sein?«, fragte er und wies auf seine Kollegin.

»Nicht nur sie!«, entgegnete Claudia Klein nicht ohne einen gewissen Stolz auf ihr PR-Talent. »Man kann auf der Website vier verschiedene Frauenfotos abrufen – je nach Typenwunsch!«

»Woher haben Sie die Fotos?«, wollte Harry wissen.

»Die habe ich selbst geknipst …«

Harrys Augen funkelten gefährlich, sie regte sich schon

wieder mächtig auf. »Ihnen fehlte noch der südländische Typ, und da gehen Sie einfach an der Alster spazieren und schießen mich ab, ohne zu fragen? Warum ausgerechnet mich, verdammt?«

Claudia Klein sah die zornige Frau mit den blitzenden, dunklen Augen erstaunt an. »Das wissen Sie nicht?«

Als Harry den Kopf schüttelte, wandte sich Frau Klein an Henning. »Sie könnten ihr sicher sagen, warum!«

Der Zivilfahnder grinste bestätigend, ließ sich aber nicht weiter auf dieses Thema ein und forschte weiter. »Die Männer sind also in den Club gekommen und haben vergeblich auf ihre Traumfrau gewartet. Was dann?«

Claudia Klein zuckte mit den Achseln. »Dann haben sie mit mir und den anderen Mädels getanzt. Die meisten jedenfalls.«

Harry betrachtete die Frau ungläubig. »*Dafür* der ganze Aufwand mit Lüge und Betrug? Für ein Tänzchen im Club der einsamen Herzen?«

»Jawohl, *dafür*!« Claudia Klein geriet plötzlich mächtig in Rage. »Das kann sich eine Frau wie Sie natürlich nicht vorstellen!«

»Wie ich?«, entfuhr es Harry verblüfft.

»Wie Sie!«, legte die aufgebrachte Frau nach. »Eine Frau, die alles hat, was Frauen wie ich nicht haben! Wollen Sie wissen, warum ich ausgerechnet *Sie* fotografiert habe, damals an der Alster? Weil die Männer Ihnen hinterhersehen – darum! Und erzählen Sie mir nicht, das wüssten Sie nicht ...«

Harry schwieg betreten. Im Hintergrund plärrte Abba: »Gimme, gimme, gimme a man after midnight ...«

Claudia Klein sackte resigniert in sich zusammen. »Ich musste doch etwas tun. Für meine Freundinnen da hinten bedeutet der Club alles! Und für mich ... Wenn ich diesen Club organisiere, dann bin ich jemand – *nur* dann! Wenn ich das nicht mehr habe ...« Sie wischte sich kurz über die Augen und sammelte sich. »Es tut mir sehr Leid mit den Fotos. Von mir aus können Sie mich jetzt mitnehmen!« Sie streckte den Zivilfahndern in Erwartung der Handschellen theatralisch die Hände entgegen.

Big Harry sah Dirk Matthies auf seine Theke zueilen und stellte sofort einen Teller Frikadellen auf den Tresen. Der Polizist winkte energisch ab.

»Lass stecken, Mann! Sag mir lieber, ob Achim hier ist!«

Der massige Wirt nahm den Teller kommentarlos wieder weg und nickte zu einem Tisch hinüber, an dem sich Achim Reiter hinter einer aufgeschlagenen Zeitung verbarrikadiert hatte. Schon war Dirk bei ihm und ließ die Handkante auf die Seiten sausen. »Lektüre beendet, Achim! Ich brauch dich dringend!«

Reiter blinzelte verwirrt über den Rand seiner Lesebrille. »Wo du mich so entzückend bittest, kann ich ja wohl kaum nein sagen.«

Dirk saß schon neben ihm, zog das Hochglanzfoto hervor und legte es vor dem Maler auf den Tisch. Reiter nahm es und betrachtete es interessiert. »Ah, der Gauguin – die Königin der Schönheit, gemalt auf Tahiti anno 1896. Ist schon ein Jammer, dass das Original zerstört worden ist, wie du sagst!«

»Dieses Foto stammt von der Versicherung«, erklärte Dirk. »Ich habe es mir immer wieder angesehen – irgendetwas stört mich daran! Ich meine – ich habe das Gemälde bei Vivian an der Wand gesehen und hier auf dem Foto, es ist das gleiche Bild mit dem gleichen Motiv und doch ... Du hast doch Ahnung von so was, Achim. Sag mir einfach, was du hier siehst!«

»Dirk, das ist nur ein Foto«, seufzte Reiter und rückte seine Lesebrille zurecht. »Na gut ... die Königin der Schönheit! Es ist eine Aquarellstudie zum gleichnamigen Ölgemälde von Gauguin – das hängt, so weit ich weiß, in der Eremitage in St. Petersburg.«

Er beugte sich prüfend über das Foto – Dirk sah ihm gespannt zu. »Gauguin lässt das Mädchen auf dem Bild so posieren, wie es bei den europäischen Malern zu seiner Zeit üblich war: Die Beine über Kreuz und die Scham mit einer Hand bedeckt – so wie bei Goyas ›Nackter Maya‹ oder Manets ›Olympia‹!«

»Wollten die damit etwas Besonderes ausdrücken?«, erkundigte sich Dirk interessiert.

»Lockende Verruchtheit«, nickte Reiter. »Reiz und Abwehr! Du kannst mich ansehen, aber ich lass dich nicht ran! So ungefähr ist das gemeint.«

»Puuh!«, machte Dirk.

Der Maler grinste und fuhr mit seiner Inspektion des Fotos fort. »Dann ist da noch die Inschrift zu sehen: Te Arii Vahine – die Königin der Schönheit. Und natürlich noch die Signatur!«

»Die Signatur?«

»Sozusagen die Bestätigung des vollendeten Werkes! Jeder Maler versieht sein Produkt mit seinem Zeichen, meistens mit seinen Initialen. Gauguin hat das natürlich auch getan. Hier links unten, siehst du?« Dirk beugte sich dicht über die bezeichnete Bildecke, während Reiter fortfuhr: »Ein P mit der charakteristisch geschwungenen oberen Rundung und ein G! Paul Gauguin. Das ist eindeutig seine Signatur!«

Dirk stutzte. »Richtig, das ist ein P – und die Rundung ist geschlossen ...«

»Muss sie ja auch, wenn's ein Gauguin ist!«

»Ich könnte schwören, auf dem Bild bei Vivian sah dieses P anders aus – der obere Bogen war weit geöffnet! Es sah eigentlich mehr wie ein T aus als wie P!«

»Ach du Schei ...!«, entfuhr es Reiter verblüfft. »Theo Gehrke! Dirk – ich glaube, es gibt da ein Problem ...«

»Ich bring das einfach nicht, diese Frau anzuzeigen.« Hariklia Möller rührte gedankenverloren in ihrem Milchkaffee. Sie hatten die schwer deprimierte Claudia Klein in ihrem »Lonely Hearts Dance Club« zwischen leeren Tischen und vertrocknetem Palmendekor sitzen lassen und ihren schweigsam verlaufenen Nachhauseweg spontan unterbrochen, um in eine gemütliche Coffeebar einzukehren. Hier saßen sie abseits von den anderen Gästen nachdenklich vor ihren dampfenden Getränken.

»Wir haben sie genug erschreckt, glaube ich«, nickte Henning. »Die macht so was nie wieder.«

»Wie einsam muss man wohl sein, um so etwas zu tun ...«, sinnierte Harry.

»Jedenfalls nimmt sie die ganze Traumfrau-Website mitsamt den Fotos sofort aus dem Netz. Wir kontrollieren das, und damit ist gut!«, meinte ihr Kollege.

Harry trank vorsichtig einen Schluck aus ihrer Tasse und sah Henning plötzlich durchdringend an. »Sag mal – woher wusstest du eigentlich von diesem Internet-Foto?«

»Ooch ... das war echt Zufall ...«, wich er verlegen aus. »Ich musste doch für diesen Krohn die Club-Termine recherchieren, und da bin ich so drüber gestolpert!«

Harry ließ ihn nicht aus den Augen. »Aber um an mein Bild zu kommen, musste man doch erst die Traumfrau beschreiben?«

»Kann sein ... ja ...«

Sie setzte nach. »Du hast *mich* als deine Traumfrau beschrieben?

»Na ja, so ganz allgemein ...«, druckste er.

Sie zog abschätzend die Brauen hoch. »Wie nett von

dir! Und warum, zum Teufel, hast du mir nicht gleich erzählt, dass mein Bild auf dieser Website ist?«

Jetzt hat sie mich, dachte Henning. Da hilft nichts mehr – raus mit der Wahrheit! »Ich ... ich war mir nicht ganz sicher, ob du es nicht vielleicht doch ernst meinst mit dieser Anzeige!«

»Was??«

»Erst schwärmst du von Hochzeiten und Traummännern!«, zählte Henning auf. »Dann erzählst du mir, dass du Kontaktanzeigen eigentlich ganz praktisch findest. Da hätte es doch gut sein können ...«

Das ist ja interessant, fand Harry. »Und wenn es wirklich so gewesen wäre – wärst du dann eifersüchtig gewesen?«

»Ach was, es wäre ja deine Sache ...«, blockte er ab.

Sie sah ihn scharf an und nickte dann nachdenklich. »Mal ehrlich, Henning: Sehen mir wirklich alle Männer nach?«

Sofort sprang Henning in gespielter Entrüstung vom Stuhl, hob die Fäuste in Boxermanier und hielt grimmig nach allen Seiten Ausschau. »Wo? Wo? Ich hau ihnen aufs Maul!«

Kellner und Gäste sahen entgeistert herüber, Harry starrte ihren wild gewordenen Kollegen einen Moment lang ungläubig an – dann durchschaute sie den Witz und lachte herzlich. Henning ließ die Fäuste sinken und zwinkerte ihr zu.

»So viele Typen könnte nicht mal ich verprügeln, Harry.«

»Hast du die Weinflaschen?«, fragte Achim Reiter. Dirk holte den Karton aus dem Kofferraum seines Oldtimers. Es war ihnen gar nicht so leicht gefallen, um diese Zeit noch so einen edlen Tropfen aufzutreiben. Vor allem war es teuer gewesen – und Dirk hatte natürlich zahlen müssen.

»Ein guter Bordeaux stimmt Theo immer gnädig ...«

»Na hoffentlich«, knurrte Dirk, während Reiter schon an der Tür eines kleinen Reihenhauses klingelte.

Ein magerer kleiner Mann mit spitzer Nase und einer dicken Hornbrille öffnete ihnen nach einer Weile. »Ja? Ah, Titten-Achim, der legitime Nachfolger Rembrandts! Immer herein, herein!«

Sie drängten sich in einen engen Flur und weiter durch bis in ein chaotisches Wohnzimmer voller Staffeleien, Skulpturen, Bücherstapel, überquellender Aschenbecher und angebrochener Weinflaschen, wo sie Theo Gehrke einlud, Platz zu nehmen.

»Das hier ist Dirk, ein guter Freund«, stellte Reiter vor. Dirk und er hatten abgemacht, die Profession des Polizisten bei diesem Besuch besser diskret zu verschweigen. »Dirk, das ist Theo Gehrke, der Mann, der mir das Malen beigebracht hat!«

»Ich hab's jedenfalls versucht«, bemerkte Gehrke trocken, und alle lachten.

»Woher kennt ihr euch?«, erkundigte sich Dirk. Er nahm einen herumliegenden Korkenzieher und bearbeitete die erste Bordeauxflasche.

»Aus München, gleich nach dem Krieg«, übernahm Reiter die Antwort, und sein alter Freund ergänzte: »Wir hatten da ein prima Geschäft aufgezogen!«

»Was für ein Geschäft?« Dirk füllte drei fleckige Gläser.

»Wir haben Ami-Soldaten täuschend echt den ›Purple Heart‹-Orden auf die Uniformen gemalt! Gegen harte Dollars natürlich!«

Dirk lachte und verteilte die Gläser. »Allerhand!«

Gehrke kicherte. »Ein tolles Geschäft, wirklich! Die Idee war aber nicht von uns. Der alte Walt Disney hat dasselbe im Ersten Weltkrieg gemacht – für ein paar Franc hat er die Franzosen mit dem ›Croix de Guerre‹ verziert!«

»Mit der Mickymaus hat er später wahrscheinlich mehr verdient«, grinste Dirk und hob sein Glas. »Prost!«

Gehrke trank und setzte sein Glas ab. »Gut ...« Er blinzelte Dirk hinter seinen dicken Brillengläsern listig an. »Wegen uralter Geschichten beglückt ihr mich doch nicht mit diesem feinen Roten, oder?«

Dirk schüttelte ernst den Kopf. »Nein ...« Er zog das Hochglanzfoto aus der Jacke und reichte es dem alten Mann.

Gehrke warf nur einen schnellen Blick darauf. »Gauguin, Königin der Schönheit – na und?«

»Stimmt. Es ist tatsächlich von Gauguin. Aber neulich habe ich ein Bild gesehen, das sah ganz genauso aus! Bis auf die Signatur. Die war von Ihnen.«

Gehrke ließ das Foto auf den Tisch fallen, als sei es glühend heiß. »Das ist ein Bulle, stimmt's?«, fauchte er Achim Reiter an. »Du schleppst mir einen Bullen auf den Hals, ist das zu fassen?«

»Dirk ist wirklich ein Freund!«, beschwichtigte Reiter.

Dirk legte dem aufgebrachten Alten beschwörend die Hand auf die Schulter. »Gut, ich bin Polizist! Aber das können wir jetzt mal vergessen ...«

»Das können wir in der Tat vergessen! Ich habe mir nämlich nichts zuschulden kommen lassen! Seit Jahren nicht mehr!«

»Dann ist ja gut«, beruhigte Dirk. »Ich möchte nur wissen, ob Sie in letzter Zeit so einen Gauguin wie auf dem Foto da gemalt haben – und für wen.«

Gehrke musterte den Polizisten scharf.

»Er ist in Ordnung, Theo!«, bekräftigte Reiter jetzt noch mal.

Der Alte gab sich einen Ruck. »Es ist ungefähr zwei Monate her«, begann er, »da brachte mir eine Frau ein Foto wie das da auf dem Tisch – nur noch größer und womöglich noch schärfer! Sie wollte eine gemalte Kopie davon, in Aquarell, gleiche Größe wie das Originalgemälde. Ich sagte ihr, ich wolle keinen Ärger wegen Fälscherei oder so. Ich hab lange genug wegen so was gebrummt.«

»Aber sie hat nicht locker gelassen?«

»Die war hartnäckig!«, bestätigte Gehrke. »Und bezahlt hat sie ganz gut. Sie hat auch meine Bedingung akzeptiert.«

»Welche Bedingung?«

»Ich sagte, wenn ich einen Gauguin originalgetreu male, dann nur, wenn ich meine eigenen Initialen einbringe – etwas verschnörkelt nach Gauguin-Art zwar, aber unverkennbar Gehrke. Damit niemand hinterher sagen könnte, ich wollte betrügen, falls sie es jemandem für echt andrehen würde!«

»Damit war sie einverstanden?«, fragte Dirk.

»Ja. Sie meinte, es wäre sowieso nur für eine Übergangszeit!«

»Eine Übergangszeit?«

Gehrke nickte. »Und dann sagte sie noch etwas Merkwürdiges: Außer ihr würde das ohnehin nur ein absolut ahnungsloser Kulturbanause zu Gesicht bekommen!«

Dirk atmete tief durch. »Ihren Namen hat sie nicht verraten?«

Gehrke schüttelte den Kopf. »Hat sie nicht. Aber sie war ausgesprochen hübsch!« Er blinzelte verschmitzt. »Und Achim weiß, was ich mit hübschen Frauen mache!«

Achim Reiter grinste breit. » Du hast sie in deinem Skizzenbuch verewigt …«

»Dirk! Was soll das, so spät ... Hat das nicht Zeit bis morgen?«

Vivians Stimme klang sogar im blechernen Lautsprecher der Gegensprechanlage noch sexy, dachte Dirk. »Du kannst es dir aussuchen, Vivian – entweder ich oder die anderen Jungs von der Polizei!«

Es summte, und Dirk drückte die schwere Haustür auf. Am Ende des Flurs erwartete ihn Vivian Thalbach in der geöffneten Wohnungstür. Sie hatte nur eilig einen Bademantel über ihr hauchdünnes Nachthemd geworfen. Dirk eilte wortlos an ihr vorbei bis ins Wohnzimmer. Vivian warf achselzuckend die Tür zu und folgte ihm. Der Blick auf die Terrasse war bei Tage sicher immer noch schön, aber die Wand wirkte ohne den Gauguin ziemlich kahl.

»Du solltest bald ein neues Bild aufhängen«, schlug er vor und zog ein Blatt Papier aus der Jacke. »Vielleicht nimmst du das hier!«

Sie warf einen Blick auf das Blatt und lächelte erfreut. »Hey – das bin ja ich! Das ist aber ein nettes Geschenk, Dirk.«

»Wie man's nimmt! Es stammt von Theo Gehrke – dem Mann, der für die Frau auf dem Bild da vor zwei Monaten einen Gauguin gemalt hat!« Vivian starrte ihn an wie ein Gespenst. Dirk steckte das Bild wieder ein und fuhr unbeirrt fort: »Vor zwei Monaten bezog dieselbe Frau ein ebenso großzügiges wie teures Büro, nachdem ihre Firma zuvor noch in einer maroden Klitsche auf dem letzten Loch gepfiffen hat – so ein Zufall, nicht?«

»Dirk ...«

»Um dieselbe Zeit beauftragt diese Dame ihre Sekretärin damit, alle Zeitungsartikel über einen Volltrottel namens Dirk Matthies herauszusuchen, der einen fabelhaften Zeugen für einen Versicherungsbetrug abgeben würde: Als Bulle solide und glaubwürdig, als Mensch ungebildet genug, um einen Gauguin nicht von Donald Duck unterscheiden zu können, und als Mann dumm genug, sich von dir in Rekordzeit um den Finger wickeln zu lassen!«

»Dirk!« Sie kam zu ihm und legte ihm bittend die Hand auf die Schulter. »Du darfst nicht glauben, dass ich dich für dumm halte!«

Er schüttelte ihre Hand unwillig ab. »Ich will keine Lügen mehr von dir hören, Vivian! Wo ist das echte Gemälde? Du hast es tatsächlich besessen – das hat die Versicherungsgesellschaft beim Abschluss der Police genau überprüft!«

Sie trat zurück und schaute ihn abschätzend an. »Es ist verkauft.«

Er sah sie scharf an. »Die ganze Geschichte, bitte!«

Sie ließ sich auf einen Sessel sinken. »Die Königin der Schönheit hat mir tatsächlich gehört. Es war wirklich ein Abschiedsgeschenk von meinem Freund in Dubai.«

»Lockende Verruchtheit!«, deklamierte Dirk. »Reiz und Abwehr! Der Mann hat dich wirklich durchschaut!«

»Er hat mich mehr geliebt als ich ihn!«, verteidigte sie sich. »So was kommt vor!«

»So was kommt vor«, bestätigte Dirk trocken. »Weiter im Text!«

Sie strich nervös mit der Hand über den Bademantel. »Der Firma ging's schlecht. In der Gegend lief es nicht! Ich brauchte eine Finanzspritze.«

»Und da hast du das Bild verkauft.«

»Ich kannte einen Sammler in Japan, der war schon lange scharf darauf. Einen Mann, der sein Geld aus etwas dubiosen Quellen bezieht und sich eine Sammlung aufgebaut hat, die nur für seine Augen bestimmt ist!«

»Und der bereit war, deinen Gauguin zu kaufen, ohne Versicherungen abzuschließen?«

»Er hat es für einen guten Preis bekommen. Und ich bekam eine Chance.«

Dirk nickte verstehend. »Für die Japan-Kohle hast du deine Firma auf Vordermann gebracht. Und dann hattest du noch eine teure Versicherung für ein Bild, das sich gar nicht mehr in deinem Besitz befand. Aber wenn man ein Duplikat so restlos verbrennen würde, dass nichts weiter davon übrig bliebe als die Aussage eines glaubwürdigen Zeugen, gäbe es 700.000 Euro extra ...«

Sie senkte den Kopf, belauerte ihn aber unter den Haarspitzen hervor. Dirk tigerte aufgebracht vor ihr herum. »Alexandra hat es mit dem Lessing-Zitat sogar angekündigt: Es würde dir nichts ausmachen, den Gauguin zu verlieren – weil du ihn gar nicht besitzt! Deine treu ergebene Schwester, sie hat alles willig für dich erledigt! Den schwarzen Mann gespielt, den nachgemachten Gauguin verbrannt ... Sie riskiert sogar die Schadenersatzklage der Versicherung!«

Vivian lächelte. »Sie riskiert ja nichts damit! Alexandra hat ja nichts. Sie würde einen Offenbarungseid ablegen und fertig. Und dann würde ich mit ihr teilen – das weiß sie!«

Dirk grinste spöttisch. »Und außerdem hat sie ja schon immer alles gemacht, was ihr die große Schwester befohlen hat.«

»Das stimmt«, stellte Vivian ungerührt fest und sprang auf. »Überleg doch mal, Dirk – 700.000 Euro ...« Sie leckte sich spielerisch über die Lippen und kam dicht zu ihm heran. »Da wäre auch für dich etwas drin – für uns beide! Es wäre schön mit dir ...«

Er musterte sie ernst. »Vergiss es.«

Sie nickte langsam. »Ich hätte es wissen müssen. Du hast dich nicht verändert, Dirk Matthies.«

»Du dich schon, Vivian.«

Ihre rauchgrauen Augen ließen ihn nicht los. »Du hast mich bloß nie richtig gekannt.«

Dirk drehte sich um und eilte ohne ein weiteres Wort hinaus.

Wenig später saß er am Fischmarkt auf der Kaimauer, ließ die Beine über die Kante baumeln und starrte in die trüben Fluten der Elbe. Nur ein paar Schritte von meiner Wohnung entfernt, dachte er, aber eine Ewigkeit weg von daheim. Die grauen Straßen, die grauen Häuser von früher – für ihn waren sie immer bunt genug gewesen. Und Vivian Thalbach schön und unerreichbar wie ein Fixstern. Der Hauptgewinn. Das Lockangebot auf dem großen Jahrmarkt des Lebens.

Er zog das Blatt Papier mit Theo Gehrkes Skizze von Vivian aus der Jacke und betrachtete lange ihr Gesicht – die großen Augen, die leicht geschwungene Nase ... Dann nahm er sein Feuerzeug, hielt die Flamme ans Papier und ließ die lodernden Schnipsel in die Elbe regnen.

Der schmale Junge in der großen Jacke hielt seine kleine Reisetasche an sich gepresst. Aber Angst hatte er nicht mehr, nicht einmal auf der Rückbank eines Polizeiwagens. Dabei ist es erst eine Woche her, dass ich aus dem Jugendamt abgehauen bin, überlegte Tim. Es hat sich viel geändert. Und die beiden da vorne hatten dafür viel getan, das wusste er. Dirk Matthies und Anna Bergmann. Die Namen waren Tim jetzt sehr vertraut. Er lehnte sich behaglich im Polster des 14/2 zurück und lauschte ihrer leisen Unterhaltung. Ein Gefühl wie unter Freunden. Na ja – beinahe vielleicht.

»Marquard von der Kripo hat die Sache vorangetrieben?«, erkundigte sich Anna gerade bei ihrem Kollegen.

»Ja. Theo Gehrke hat meine Aussage bestätigt. Die Versicherung hat Anzeige erstattet, und die Staatsanwaltschaft wird beide Schwestern wegen Betruges anklagen!«

»Wirst du Vivian vor Gericht wieder sehen?«

Dirk zuckte mit den Achseln. »Wahrscheinlich, im Zeugenstand.«

Sie musterte ihn prüfend. »Schlimm?«

»Ein Fall wie jeder andere«, log er forsch und grinste, als Anna daraufhin losprustete. Dann warf er einen Blick in den Innenspiegel. »Na, Tim – aufgeregt?«

»Schon – ein bisschen!«

»Es ist eine tolle Jugendeinrichtung!«, wandte sich jetzt auch Anna dem Jungen zu. »Ein wenig abgelegen vielleicht, aber die Betreuer werden dir gefallen. Eine Bekannte von mir hat da mal gearbeitet. Man kommt nur mit einem kleinen Zug dorthin. Das Ding sieht fast aus wie eine Spielzeugeisenbahn!«

Tim lächelte. »Hört sich gut an.«

Der Streifenwagen scherte aus an den Straßenrand und hielt vor einem roten Backsteingebäude. »Da wären wir«, meinte Dirk und wies auf das Haus. »Jugendamt. Alles aussteigen.«

Vor der Tür des Amtsgebäudes stoppte Dirk. »Tim, deine Begleitung wartet im gleichen Zimmer, in dem wir neulich waren! Kriegst du das gebacken?«

Tim verstand sofort. »Sie brauchen nicht mitkommen. Ich laufe nicht mehr weg.«

Dirk klopfte ihm freundschaftlich auf die Schulter. »Wer nicht wegläuft, kommt am weitesten. Du schaffst das schon.«

Der Junge sah scheu zu Boden. »Mal sehen.«

Er wollte schon gehen, da hielt Anna ihn noch zurück. »Tim ... Was ich noch wissen möchte: Warum hast du bei Krämer nicht mit dem Stock zugeschlagen?«

Der Junge schluckte, sah ihr dann aber fest in die Augen. »Er hat so geguckt ... Er hatte überhaupt keine Angst, aber ich konnte plötzlich sehen, wie er sich innerlich geduckt hat vor dem Schlag – da ging es nicht mehr ...«

Anna nickte verständnisvoll. Tim wandte sich endgültig ab und verschwand in dem großen Gebäude, ohne sich noch mal umzusehen.

»Wer Mitleid lernt, der findet Gnade«, sagte Anna leise.

»So ist das«, stimmte Dirk zu und legte ihr kameradschaftlich die Hand auf die Schulter. »Und jetzt haben wir noch einen Termin!«

Der Wind strich kalt durch dürres Frühlingsgrün und trieb welke Blüten und einen Plastikbecher um karge Gräber, bis der Becher plötzlich in einer frisch ausgehobenen Grube verschwand.

Prost, dachte der schwarz gekleidete Herr vom Bestattungsinstitut und sah pietätlos zur Armbanduhr, während vier professionelle Sargträger routiniert eine schmucklose Kiste in das offene Grab absenkten.

»Ziemlich schlicht«, bemerkte der zittrige Greis und stützte sich schwer auf seine Gehhilfe.

Sein nicht minder greiser Nachbar zuckte mit den Achseln. »Wir sind doch immer die einzigen Gäste auf Krämers Feiern!«

Der Alte mit der Gehhilfe nickte schweren Hauptes. »Im Tod schlägt die Stunde der Wahrheit, da sieht man's wieder!«

Die Sargträger entfernten sich bereits – da ertönte schmetternd ein Trauermarsch. Die Greise hoben überrascht die Köpfe: Eine Polizeikapelle in vollem Spiel schritt gemessen auf sie zu, dahinter die komplette Schicht des 14. Reviers in Uniform mit schwarzer Trauerbinde ...

Vor dem Grab stoppte der Zug, die Kapelle verstummte. Rolf Bogner und Dietmar Steiner traten mit einem schweren Kranz nach vorn und legten ihn vor der offenen Grube nieder. Der Revierchef wandte sich seinen Leuten zu.

»Kolleginnen und Kollegen, wir gedenken ehrenvoll eines Mannes, der bis zuletzt seine Pflicht erfüllt hat und nie etwas anderes sein wollte als ein guter Polizist. Und das ...« Er wechselte einen Blick mit Dietmar, der ihm ermutigend zunickte. »Und das ist Heinz Krämer gewesen!«

Er reihte sich zusammen mit Dietmar wieder unter den Kollegen ein, die Kapelle begann erneut zu spielen, und der Zug entfernte sich feierlich. Sofort beugten sich die beiden Greise neugierig vor, um die Inschrift der Kondolenzschleife am Kranz zu entziffern: »Heinz Krämer – einer von uns. Die Kameraden vom 14. Revier.«

»Bis morgen, Dirk. Ich hol dich ab!« Anna Bergmann hatte sich bereits umgezogen.

Dirk lächelte. »Wieder unterwegs mit Jörg, dem Glückspilz?«

Sie nickte strahlend. »Wir schmieden Urlaubspläne! Wie's aussieht, machen wir auf Korsika den GR 20!«

»Was'n das?«, erkundigte sich Dirk verständnislos.

»Ein Gebirgswanderweg! 173 Kilometer lang!«, klärte ihn Anna auf.

Er schlug sich in gespieltem Entsetzen die Hände vor das Gesicht. »Und das soll Urlaub sein!«

Als er wieder aufsah, hielt sie ihm plötzlich einen in Packpapier eingewickelten Gegenstand hin. Er nahm ihn überrascht und wog ihn in der Hand. »Für mich?«

Sie nickte. Schon wickelte er das Päckchen aus und staunte: Ein Original-Rückspiegel für seinen Heckflossen-Oldtimer!

»Mensch! Anna ...!«

»Ohne Rückspiegel geht's nicht – im Auto und im Leben!«

Er schloss sie gerührt in den Arm – dann ging er auf Abstand und musterte sie amüsiert. »Doch nicht etwa geklaut?«

Sie tippte sich an die Stirn, warf ihm eine Kusshand zu und ging. Dirk schmunzelte, setzte sich auf seinen Schreibtischstuhl und drehte sich zum Fenster. Hinter ihm leerte sich allmählich der Dienstraum. Bogner war längst bei seiner Ilse. Dietmar und Lothar brutzelten wahrscheinlich schon Bratkartoffeln. Harry und Henning hatten sich tatsächlich zum Tanzen verabredet. Im Wagen wäre es kalt, zu Hause ebenfalls. Er fingerte spielerisch an dem Rückspiegel herum, hielt ihn hoch und sah hinein: Hinter ihm stand eine hübsche Frau mit freundlichem Lächeln und weißblondem Haar.

»Wollen Sie mir tatsächlich nicht mehr in die Augen schauen, oder warum benutzen Sie einen Rückspiegel?«

Dirk drehte sich langsam zu ihr um und ließ den Spiegel sinken. »Naomi Seibert. Die Schadensermittlerin mit dem unfehlbaren Instinkt für gelungene Auftritte.«

»Dirk Matthies. Der Bulle mit dem Charme eines Vorschlaghammers.«

Süß und knallhart, dachte Dirk. Die Dame hat sich nicht verändert. Zum Glück eigentlich. »Was verschafft mir die Ehre?«

Zum ersten Mal zeigte sie eine Spur von Verlegenheit. »Ich möchte mich bei Ihnen für meine ungerechtfertigten Verdächtigungen entschuldigen!«

»So ganz daneben lagen Sie ja nicht«, meinte Dirk versöhnlich. »Was mich betraf, natürlich schon. Aber hinsichtlich der Schwestern Thalbach ...«

»Danke, dass Sie nicht nachkarten! Das ist fair.« Sie

musterte ihn jetzt ein wenig neugierig. »Vielleicht ... hätten Sie Lust, sich mal auf ein Bier mit mir zu treffen?«

»Wir treffen uns gerade«, versetzte Dirk.

Sie lächelte. »Na so was – dann sollten wir jetzt zusammen losziehen, oder?«

Er blieb abwartend stehen – sie stutzte. »Ist noch was ungeklärt?«

Er nickte. »Wenn du nackt vor mir liegen würdest – würdest du die Beine kreuzen und mit einer Hand die Scham bedecken?«

Sie sah ihm unbewegt ins Gesicht. »Wenn ich nackt vor dir läge, würdest du Gott auf Knien um ein drittes Auge anflehen!«

Dirk schluckte kurz und griff nach seiner Jacke. »Ich habe Durst – gehen wir ...«

Adelheid Möbius auf Mörderjagd

Adelheid und ihre Mörder

Mein geheimes Tagebuch

ISBN 3-8025-2763-1

Egmont vgs verlagsgesellschaft, Köln

www.vgs.de

Die Abenteuer der Pfefferkörner

Die Pefferkörner 9
Falsche Fährten
ISBN 3-8025-2886-7

Die Pefferkörner 10
Jana in Liebesnöten
ISBN 3-8025-2887-5

Die Pefferkörner 11
Liebesgeheimnisse
ISBN 3-8025-3239-2

Die Pefferkörner 12
Abschied mit Hindernissen
ISBN 3-8025-3240-6